她

胡晴舫

She: Portraits of Asian Women

She: Portraits of Asian Women

Contents

莫妮卡 007
瑪莉亞 011
理想人生 015
大馬姑娘 019
買衣服 023
美女 027
小女孩 033
大小姐 037

仙人掌公主 041
之前，之後 045
銅鑼灣的電腦明星 049
馬尼拉女律師 053
上班女郎 057
熱帶人生 061
夜上海 065
性福 069
離別是成長的記憶 073
胡同 077
非我族類 083
愛的真諦 089
丈夫的腳印 093
印度新娘 099
睡美人 103
緋聞女主角 107

卡娃伊 111
仙女下凡 115
性感新加坡 119
上海寶貝 125
酒女大象 129
泡在酒精裡的革命 135
女總裁 139
抉擇 143
我很好 147
老闆娘 151
出鄉 155
流亡女詩人 159
單親媽媽 163
我女朋友的男朋友 167
外遇 171
拜金女郎 175

藝妓 179
偽善的魅力 183
中國的新臉孔 189
印度小姐 193
化妝 197
女知識分子 201
曼谷的第一世界女子 205
峇里島之戀 209
他的亞洲女人觀點 215
辦公室 219
快樂 223
後記——她的第三隻眼 227

莫妮卡

她手裡拿著大把的孔雀羽毛。一根根比她瘦弱的身子還長。她要我買上兩根，擺在我的客廳。

「夫人，這樣會增添您客廳的風采，我保證。」她的英文流暢正確。我不禁多看了這個小女孩一眼。洋裝爛舊得認不出花色，塵土掩埋她的臉顏，赤腳著地。她頂多六歲。

我的腳步仍舊快速向前。我的旅遊手冊和印度朋友早已警告，這類遭遇將不斷在孟買以及其他印度城市發生。當事情發生的時候，妳就只管繼續走妳的路。他們說。

頃刻，我見到我的目的地。偉大的印度之門檻。一九四八年二月，最後一批英軍由此撤退，離開這塊以原料人力供養他們資本主義家鄉幾百年的附屬大陸。印度從此獨立。半個世紀後，鋪滿灰塵的小女孩在向我兜售她唯一的商品。

「夫人，妳不買一點孔雀羽毛嗎？適合您高貴的客廳。」

小女孩跟隨我走了半公里，一起過了五個路口。路上沒有斑馬線。妳只管走妳的路。

「夫人，妳叫什麼名字？」沉默跟著我一段路，小女孩忽然問。

我無法拒絕。停下來，我說了我的名字，並且反問她的。

「莫妮卡，夫人，我叫莫妮卡。」她仰著面，一雙印度人的眼睛深黝晶亮，長長睫毛像她手上的孔雀扇子，朝我的臉吹風。

「夫人，妳今天好嗎？」

「我很好，妳呢？」似在練習簡單的英語日常會話，我們交談。

「不好，莫妮卡今天不太好。」印度眼睛更亮了，「夫人，妳想，妳可以幫幫莫妮卡嗎？」

我遲疑著，思索該怎麼回答。我感到一個陷阱。而莫妮卡不會超過六歲。甜美的莫妮卡。

突然，新的莫妮卡出現。另一個不超過六歲的小女孩靠過來。一隻手扯住我的棕色卡其褲，乞求我的注意。更髒汙的小手心朝上，湊向我。

莫妮卡暗色的臉頓時更暗，用力扯掉小女孩攀在我臂間的手，她怒聲吼了小女孩幾句。這時候的莫妮卡不說英語。

小女孩悻悻然離開。過到對面街道盯著我們。莫妮卡的笑容重新燦爛：「善心的夫人，幫幫莫妮卡吧？」我凝視。決定走開。

對街的小女孩連忙在下一個轉角趕上我。她喘得上氣接不了下氣，擋在我和偉大的印度之門之間。

「夫人，我叫娜妮。請問妳叫什麼？」

瑪‧莉‧亞‧

從前，下雨天，她最愛蹲坐在她家門口，看著人來人往數人頭。

家，是一個臨時搭建的鐵皮屋，下起雨來，雨打在鐵皮屋頂，吵得心神不靜。她寧可跑到外頭，至少空氣新鮮。瑪莉亞喜歡人，也喜歡算術，小時候，她的志願是要變成有錢人家的太太，專門開派對和算錢。但是，下雨天，在馬尼拉，她家的鐵皮屋前，她只能數人頭。

「妳無法想像有多少人！一下午我能數上七、八百人！」瑪莉亞戲劇化揮動雙臂：「像螞蟻一樣，一下雨，人全跑出來了！」

離開馬尼拉的時候，她曾以為她會非常想家。現在，她每天向上帝禱告，一輩子都別再教她見到那些擁擠的街道和永遠數不完的人群。

「香港不也是很擠？」我問。

我跟她一起穿過黃澄澄的通道，轉進另一條純白潔淨的小路。我們在超級市場。正從油類區跨到衛生紙區。瑪莉亞散發西瓜紅色澤的長指甲從架上抓了一大袋二十包裝的捲筒衛生紙。然後，她轉過頭來，對我微笑。她的眼睛即使在超級市場貧血的日光燈映照下，也沒有失去一點點神祕的風味。

「親愛的，」她喜歡喊我親愛的，就像喊她的法國老公一樣，「在香港，不是擁擠，是熱鬧。」

三年前，瑪莉亞來到香港幫傭。沒兩個月，她就和雇主吵架。換了另一家，一個月後，她又閃了。中國人是世界上最壞的老闆，她告訴我，既苛刻又邪惡。她不想回去，但她的簽證被前雇主撤銷，又沒有一技之長。朋友在九龍的一個大屋子裡幫傭，有獨立的房間和出入口，外國主人又經常出差，她於是躲在那兒。白天幫忙她的朋友作家務，晚上，她出去工作賺錢。我沒問她的工作性質。

在蘭桂坊，她遇見現在的老公。一個法國生意人，四十七歲，離過二次婚，沒有孩子，獨自一人來到香港工作。約會四次後，二十一歲的瑪莉亞告訴他，她懷孕了。他流下眼淚。一個月後他們註冊結婚。瑪莉亞跟著他合法留下來，住到半山區。孩子在七個月後出世。

瑪莉亞哼著歌，我們推著購物車往收銀台方向去。兩個菲律賓女傭正在排隊。瑪莉亞直接推車經過她們，從收銀機上的架子拿了一份英文報紙，開始把她的衛生紙往算帳的平台上放。被插隊的菲律賓女傭生氣地用菲律賓話抱怨。瑪莉亞沒有聽見或沒有聽懂。她的動作絲毫沒有停頓。

站在超級市場門口，我問她剛才怎麼回事。

「那些人不過是低等動物。我可不想浪費時間在她們後面排隊。我的時間比她們的時間來得寶貴多了。」瑪莉亞聲音很低，卻字字有力。

一陣細雨忽然如金粉灑落，瑪莉亞的臉龐晶亮剔透，她自言自語，

「啊，下雨了。」

理想人生

葛蘿莉亞和瑪莉亞是大學四年級學生。星期二上午十點半，我在馬尼拉市一家小咖啡店吃早餐，讀勞倫斯小說時，她們主動來找我說話。她們問我為什麼來馬尼拉，因為「這裡什麼都沒有」。

「明年畢業，我就要去香港工作。」葛蘿莉亞說。她的短髮清麗，穿著美國牌子 GUESS 的粉紅 T 恤和深藍色牛仔褲，胸前用英文寫著，「我很快樂，你呢？」。句子文法錯誤，使我猜測 T 恤是件仿冒品。葛蘿莉亞排行老四，上面有一個姐姐和兩個哥哥，下面還有一個妹妹。她在學校主修會計，但是她認為畢業後去香港幫傭是最好的賺錢途徑。

「男人都找不到工作，在菲律賓，現在只有女人才找得到工作。因為過去男人能做的，女人現在都能做了，像是開計程車；而女人擅長的如服務業或幫傭之類的工作，男人還是無法競爭。」葛蘿莉亞的父親開計程車，母親在加油站工作；兩個哥哥一個高中畢業、一個大學畢業，都找不到工作，反倒是高中唸一半就輟學的姐姐在美容院幫人洗頭，有份固定收入。現在全家都巴望著明年她大學畢業後，可以去海外幫傭，改善家裡經濟狀況。

「因為我上過大學，我的英文比較好。」葛蘿莉亞帶有一絲絲自豪。

「妳不覺得，因為妳上過大學，所以，除了去香港幫傭外，還可以做點其他更特別的打算？」我小心翼翼遣詞造句。

「沒有其他工作了。」

一直沒怎麼說話的瑪莉亞忽然開口：「我想當一名歌手。」我作個手勢，表示這就是我的意思。

葛蘿莉亞笑嘻嘻推了瑪莉亞一把：「那不算個工作。」

長髮的瑪莉亞推回去，有些羞赧地辯解：「怎麼不算？我想寫歌，出唱片，如果有人喜歡我的表演，那，我就能賺錢。」

「妳看，妳用了一個『如果』，『如果』這個字是一個假設，一個希望，就好像說，『如果』我出生在紐約，『如果』我爸爸是百萬富翁，『如果』布萊德彼特愛上了我。這些『如果』都是非常美麗的夢想。那是夢想。不是個工作。」

葛蘿莉亞說完，三人沉默。我想要說一些話，好比「懂得夢想是成功的第一步」，或是「今天不行動，又怎知明天理想不會實現？」但，不必多想一遍，也察覺得到這些書籤上的勵志詞句從我口中出來後，會聽起來多麼虛假無味。甚至無情。

還好，她們問起我的旅行計畫。我們轉移話題。不久，我又犯了毛病，問東問西：「如果，在菲律賓，大部分都是女人在支撐家庭生計，那麼，女人在家裡的地位應該很高囉？因為賺錢越多，說話聲音應該越大……」

瑪莉亞大笑，葛蘿莉亞也跟著微笑，「那是理想狀況。實際情況是，男人仍是家中老大。無論賺多少錢，回到家中，女人都要服侍丈夫。一切還是聽他們的。」兩個菲律賓女孩異口同聲告訴我。

大馬姑娘

她十九歲離開馬來西亞，來到新加坡學髮藝。二十二歲開始和一個五十幾歲的荷蘭男人同居，迄今七年。也許因為她有一張方形臉龐，寬闊的顴骨和裝扮濃豔的眼睛，讓她看起來遠比她的實際年齡要老成很多。

離開馬來西亞的原因很簡單，她不喜歡被視為二等公民。「馬來西亞有許多政策保護馬來人，像我們華人要受教育，無論課業表現多優秀，獎學金永遠保留給馬來人。華人進大學的名額也受到限制，因為政府希望多一點馬來人受高等教育。」她沒有怒氣但顯然非常不滿地說，「可是，馬來人懶惰，華人勤奮啊！這些不公平的保護政策，只是讓馬來人更缺乏向上的動力。」

她住到新加坡後，覺得很自由，對人生感到很有把握。因為，她認為在一個機會均等的社會，無論做什麼事情，只要好好工作，自然而然會有所報酬。因此，她從來不曾回去馬來西亞，她也很肯定將來都不會，雖然她的家人還住在東馬的一個城鎮。如果她想念家人，她打電話叫他們來找她，反正他們也很喜歡新加坡。

「如果再讓我回到馬來社會，看到他們懶懶散散的模樣，一點人生目標都沒有，那種典型賺一天吃一天的熱帶民族性格，我真會發瘋。」她的眼神露出極不贊同的犀利光芒，「新加坡畢竟是華人統治的社會，比較文明進步，妳不認為嗎？」她問我。我卻實在很難表示意見。

我們一起進到一間咖啡店。在櫃台服務的是一位馬來女孩。我說要兩份大杯熱的卡布其諾咖啡，馬來女孩卻沒聽懂，我再重複一次，馬來女孩於是反問我要什麼咖啡，卡布其諾；大杯或小杯，大杯；幾份，兩份；熱或冰，熱的。馬來女孩叫我等一等，跑進去廚房，再出來時，她先去幫一位白種男性顧客準備一個外帶紙袋，裡面塞滿紙巾和糖包，然後回到我面前，算錯了找的錢，指示我可以離開了，又馬上喊住我，給我一張收據。沒有收據，我就不能在下一個櫃台領咖啡。等這段小插曲終於謝幕，我回頭看見她一臉嘲諷不屑。她做了一個無聲的手勢表情，意即：「妳懂我的意思了吧？」

我聳聳肩，表示無所謂也表示無奈何。我們找張桌子坐下，之後，我繼續觀察那位馬來女孩，想要更精準考量她對馬來人的評語。我發現，作為一個櫃台服務員，馬來女孩其實笑容甜美，動作迅速，而且從不出錯，當她聆聽客人的點單時，她深色光滑的臉孔顯得專心而友好。

某一刻，馬來女孩轉過頭來，恰巧與我的視線對上，當時她正在蕩開一半的如花笑容，剎時凍結，一時進退兩難，笑也不是，不笑也不是。忽然，我悟到了方才點咖啡時那些耽擱、錯誤、笨拙，究竟是怎麼一回事。

畢竟，獨獨一個巴掌真是拍不響的。

買衣服

她抬起哭得淅瀝嘩啦的鵝蛋臉，連眼淚也忘了擦，「嘿，我想到我上次看到一件外套很不錯，妳待會兒陪我去買，好吧？」

我一時反應不及。剛剛三個小時持續討論著，對她而言，完全是慘絕人寰的失戀經驗，剎那間，彷如正演得火熱激情的電視連續劇，隨著遙控器啪一聲關機，立刻從空氣中消失得無影無蹤，連一點氣息也嗅不到。

她有句名言：「金錢誠可貴，愛情價更高；若為時尚故，兩者皆可拋。」

無論婚喪喜慶，逛街購物是她萬流歸宗千年不變的儀式。找到新工作，她買了一套粉橘色套裝和一雙上綴緞帶的同色高跟鞋；參加周末聚會，她購置了一身看似輕便的裝束，其實講究得有如喬哀思的詩；朋友開刀，她拎了特意新添的帆布袋，上面名牌標籤印得斗大，理由是這樣才能好好提水果去探病；治療失戀的唯一良方就是上街狠狠買它個昏天暗地，談起戀愛當然更要下手絕不心軟；生活平靜無波時，還是需要買買小東西打發時間。

衣服，是她整理生命的方式。人生中一個個特別的日子，有人選擇把照片放進相簿，有人勤寫日記，她靠的是她的購買力。衣櫥是她的檔案櫃。一件件衣服掛進去，都是一個個鮮活動人的經歷，按序歸檔。對別人而言不過是一頂帽子的帽子，沒有花邊或設計，極其普通，卻能令她記憶起一整座城市、一群朋友、一段戀情及一隻狗。但是拿掉了針織連身裙、粗鍊狀腰帶、雀仔印花釘珠背心或細紗絲巾之類的語言符號，她便如同患了嚴重的失憶症，再簡單的事情也想不起。

「喔，妳說的那個人，是不是，我穿了黑色貼身長褲搭配碎花皺布短袖衫、還有一串銀色細頸鍊的那一天，我們去一棟樓下有 GUCCI 名店的辦公大廈，見到一個穿斑馬紋半胸短袖襯衫的那個男人，對嗎？」有一次，她如此描述我介紹給她認識的朋友。

而她也總是能將這些買來的衣物作最妥善的安排。該燙該烘的功夫，她絕不省略；過時的設計，她從不拿去舊衣捐助，冷靜搭配當季風格，穿出自己的路線。沒有人不覺得只要她從事時尚業，很多設計師都會失業。

那天，她中午打電話來，泣不成聲，話不成句。我完全聽不懂她要說什麼，只聽見她尖著嗓子喊著一些不成意思的聲音。稍微平靜，她才微弱地說：「爸爸，我爸爸過去了。」

然後，沉默。我耳邊聽見她顫抖的呼吸，心裏搜尋妥當話辭，欲安慰她。她嘆了口氣：「可是，我那該死的衣櫃還是少了一件衣服。爸爸死了，我卻不知道該穿什麼去參加喪禮。」她要我陪她去逛街。

我們從名牌服裝店出來，添購的黑色衣裳裝在紙質考究的袋子，她眼色依然蒼白，卻已經能夠鎮定地微笑：「一切都妥當了。在這個瘋狂世界裡，一件對的衣服，往往，具有將萬物歸位的能力。」她希望我不要認為她非常薄情，「我甚至覺得，關於父親的死亡，我已經不那麼悲傷。」

美女

她非常不耐煩地抽身離開，走向等在電影院入口許久的我，留下那個開車送她來赴約的男人一臉錯愕與難堪地坐在車裡。後面汽車揚起激烈的喇叭聲。男人只好開車馳走。

進到電影院，一片漆黑，正片已經開始。她更不高興了，建議我們乾脆放棄電影。走到戲院賣爆米花的區域，一時不知道要去哪裡，於是，我們各買了一杯可樂，坐在靠牆的紅色絨布椅凳上，電影院的服務員過來問是不是找不到正確的廳院，他願意帶路去我們的座位。他笑得很殷勤，她卻只是瞪他一眼。我解釋我們只是希望休息一下。

服務員點點頭，表示理解，卻仍不打算結束談話，探詢我們為什麼不看電影了，他的眼睛殷切地望住她，她低頭調整手腕上的碎珠鍊子和手錶的相對位置。一陣對我來說很尷尬但顯然不影響她的沉默之後，我只好開口回答服務員的問題。他接續又發一些問題，我禮貌性應答，她自始至終像個局外人似地喝著她的飲料，眼睛溜來溜去，就是不與服務員堅持熱切的眼神對應。過一會兒，他終於意識到他只能跟我交談，而永遠得不到她的回應時，帶點攙雜羞辱的失望離開。隔著距離，他依然把一雙眼睛盯著她瞧。

走出冷氣房，香港的深秋太陽立刻無情地照花了我們的眼睛。一時之間什麼也看不見。我們往碼頭走，計畫過海喝糖水。渡輪上，人不多，我們倚在船邊。維多利亞港的海風吹得人很舒服，整條船隨著波浪輕輕搖擺，一條小船嘎嘎駛過，因之被騷動的海波發光如細緻緊密的魚鱗。她輕攏自己的光亮長髮，略揚起那張上帝鬼斧神工雕琢出來的美好臉孔，伸頭出去，讓陽光曬軟她一向憤世嫉俗的表情。她顯得寧靜美麗，如同一幅畫。

不遠，一個年輕英俊的男人，從攤開的《南華早報》下偷瞄她。再大張的報紙也遮不住他眼神的力道。她不一會兒就發現了。那副萬事皆不以為然的表情重新武裝了她那張令人愛戀的臉蛋，她憤怒收回細長的頸子，不滿嘀咕：「男人究竟是怎麼回事？」

「他們喜歡觀賞美的東西，沒什麼不對吧？」

「我這輩子都厭恨男人，」她氣呼呼地說，「他們見了我，就想要我。不，不是我，他們要的是我的美貌。這張臉，這頭長髮，跟這副身體。

他們難道不能把我當個正常人來對待嗎？只能將我視作他們慾望的對象嗎？他們就不能稍微深沉一點嗎？」

「很多女人可能會很想與妳易地而處。」

「我問妳，」她轉過身子，正對著我，「妳有任何男性朋友嗎？不包含情愛成分，只是單純朋友關係？」

我點點頭。

她雙手一攤，「這就是我說的。從來從來，沒有一個男人想要跟我作朋友，他們總是一開口，就是邀我當情人。長得普通些就是有這種好處，妳得到男人的真心和友誼，而不只是他們那些卑賤下流的念頭。」

她這麼個評論法，我倒一時不知該說什麼。

重新踏上陸地。進入半島酒店，正巧，一個灰白頭髮的中年男人從裡頭要出來，他一拉開大門，她便理所當然闊步踏入。我人仍在外頭，見到中年男人皺眉回頭瞟她的傲然背影，他低聲自語：「真的不用客氣喔。」

小女孩

她會問：「男孩子坐過的椅子是不是就會讓我懷孕？」那時，她二十二歲。

十年之後，她仍然痛恨任何形式的化妝，不喜歡窄裙、西裝外套等任何會讓她「看起來顯老」的裝束，說話帶著濃濃的鼻音，像一個嬌滴滴的女學童，輕易為了男人的一個眼神而心神不寧。她的性知識如同她的髮型，從少女時代迄今從未改變。凡是一個性笑話在她面前被提起，她就會睜圓一雙原本已經夠圓的大眼，天真無邪地追問笑話的涵意，彷彿那是一樁比登陸火星更高深莫測的學問，不是她的稚嫩心智能夠快速明白的。但是，如同一個真正的青少女，她對性的好奇與迷惑似乎又永無休止。

哦，是的。在她的心裡，她是永遠的十八歲。她最得意的事情就是，每回上街，總有不知情的店員或初次見面的朋友，誤以為她剛高中畢業或正在讀大學。她有無止盡的這類故事渴望被述說。碰上年紀真正十八歲的女孩，她皺眉，雙眼發出微笑的亮光：「為什麼現在女孩子都看起來那麼成熟？十八歲已像是三十八歲！」

語畢，她等待。等待當時旁邊無論是哪一個誰，開口拿她做一個青春永駐的例子。

她堅持做那個脆弱幼嫩的小女孩，對很多人來說，都是不能忍受的一件事。每次說話之前，她習慣性嘟起嘴唇，故作可愛，讓人忍不住要別過頭去，抿住嘴唇，藉此封住一連串即將如飛刀穿射出來的諷刺評語。

她最愛在說話一半的時候，把眼睛天真地望向藍色天穹，讓陽光從她的黑色瞳孔反射，閃耀著，發出如同時常出現在日本漫畫女主角眼眸裡的星狀光輝。如果，靠近一點，我耳邊幾乎還能聽見清脆的叮噹聲，提示夢境的存在。

直到那一天。天氣有點陰沉，幾個小時前下過雨。城市籠罩在一片濃黑影子之中。柏油路乾掉的部分呈灰色，潮溼的部分則保持深黑，深淺層次彷如潑墨效果。她跟一個剛認識的男人相約吃飯，當天晚上就被他強暴了。

事情發生的時候，惡毒的笑話比真心的同情散布得更快。我們那永恆的美少女、聖母瑪莉亞的化身，隨著一個舊世紀的結束而崩壞了。城市裡，不見她的蹤影。辦公室裡請了假，家裡電話永遠孤伶伶地沒人理睬。

過了一季，她去了美國。沒有歸期。所以，當我在紐約哈德遜河畔遇見她時，我如同見著一個再也不會期待遇見的鬼魂，從記憶缺口冷不防冒出，著實嚇了一跳。她依舊留著她的招牌直髮，綴著一個可愛的蝴蝶髮夾，身著寬大的蘋果綠毛衣和碎花短裙，腳上一雙白色布鞋。她看上去還是那副高中女生的模樣。

她鎮定和我聊天。顯然不願意多說她的現況。失去聯繫後的幾百個日子，只匆匆五分鐘，我們立刻要道別。我看見她站在下一個街口，等著過馬路，她的舊習慣讓她抬起頭，望向天空。幾朵浮雲飄過高樓頂端。她的眼神平板，單調，沒有太陽也沒有星光。

綠燈亮起，她夾在人潮中流動。她看起來如同一般三十二歲的的普通女子。沒什麼兩樣。

大·小·姐·

於是，在電話那頭，她的聲音明顯哽住：「我這輩子算是完了。」朋友轉述。我們一起安靜下來。

跟她在美國當室友的那半年，最後是以我搬出去告終。她是個標準的大小姐。人十分聰明飄逸，卻完全不諳也不願分享家務，善指使人，且易怒。話不多，可是，她會確保你知道她對你有意見。我就是在她沉默意見的壓力下自動離開。

搬家之前，我去了趟紐約，回來後，她就交了一個男友。是一個她跟我都討厭的博士班學生。男人腦子不清，好表現，除了本科功課沒其他涵養；會在滿天飄雪的冬夜吃一堆餃子，跑到別人公寓，在早已因大量暖氣而略嫌悶熱的封閉空間裡，大聲從尾部排氣。像一輛有嚴重排氣管毛病的舊車上路，比新春店家開工長串點炮還驚天動地。然後，他不道歉，只搖搖手，小節不拘狀：「別擔心，我的屁是香的。」

他安慰人的方式的確特別。

有一次，我跟他打迴力球。他猛力表現，把球準確無誤地打到我的眼睛，我痛得大把掉淚，他在旁直勸我做人別太脆弱。說罷，用力拍一下我的肩頭，手勁之大，弄得已經眼球腫大的我前後搖晃，牙齒打架。慘上加慘。我不得不轉頭開玩笑，形容我的眼球被壓扁了，現在看誰都往兩邊胖了兩圈，例如他。他緊張兮兮，環顧自身，怒責我：「別亂說好不好？我的身材從十八歲到現在都沒變。」智力也是，我嘀咕。

如此這般的一個傢伙。她不到一年就嫁了。

這個會在深沉雪夜的密閉小客廳裡連續放炮、拿迴力球打扁別人眼球都不會道歉的男人，雖然靈性上一個竅都不曾開過，卻既善烹調，又能木工，還有一輛保養很好的汽車，能在廣袤無邊的美國國土上載她去任何她想去的地方。

接著，我們都唸完書。我回國，她留在那個小鎮，跟他生了三個孩子，等他畢業。時光悠悠，他前後總共唸了十年不止，還未畢業。日子變得越來越難以忍受。她個性好強，三番兩次想要獨自帶孩子先回台灣工作，卻始終留了下來。男人家裡開始認為他讀書太久，截斷經濟援助。

為了三個孩子，她只好回娘家拿錢。久了，娘家也有意見。最後孩子到了幼稚園年齡，竟沒法送去就學。朋友知道她的情形，藉聖誕節名義，匯了幾百塊美金。她打電話道謝。暢談往事，說到未來，受過高等教育、才三十出頭的她頓住，「我想不到我還能做什麼。我被困住了。」

兩個高級知識分子陷在一個冰天雪地的美國小鎮，為了一個萬年博士學位。我卻還依然思索，一個自視如此高的女人為什麼當初要嫁給那麼沒有絲毫靈氣的男人。雖然她從不曾也不願開發自己的生活能力，對生命的感受力其實是極度敏感而纖細。我猶記得她剛見到生平第一場雪，不戴雪帽，在白茫茫街道上跳舞的陶醉。

「她要一個生活上能照顧她的男人，他正是這樣的男人，」朋友提醒我，「其實，這些年，她已經得到她想要的了。」

仙人掌公主

她吐出一口煙，極具魅力地朝我笑一笑。

一大壺伯爵茶被我喝盡，她的瑪格麗特酒還沒有來。她不急。隨意懶在沙發座上，黑色長裙開衩，露出嫩白腿線。她穿著一件緊而短的白色T恤。沒有胸罩。對一個女導演來說，她似乎是太性感了點。但是，她失戀了。跟她的胸部一樣貨真價實。在又一樁三角戀情裡，她逼著對方作抉擇。

抱怨自己抽太多菸，她在菸灰缸底擰碎菸頭，不到兩秒，她又燃起一根，「他選了別人，」她笑盈盈，噴煙，「因為他說，我的心臟比較強壯。」

成為第三者似乎慢慢成為一種習慣。她總是插入感情穩定多年乃至平淡的一對情侶。男人總是已經對女人意興闌珊卻不曾開口；女人總是表面軟弱，卻出乎意料堅忍地守著有若一塊失味口香糖的愛情，不肯放棄咀嚼。她總是很有自信她的出場正好給雙方一個藉口下台，結束這場失敗的舞台劇。她想像，以她的才智，以她的風趣，以她對生活的想像力和實踐力，以她的性愛技巧和這具身體，沒有理由，男人不想來到她身邊而女人不會知難而退。但是，男人，總是，在幾個星期幾個月幾個年的戀情之後，一再回到原來那些他口中平庸拘謹沒有面貌的女人身邊。自動。

男人說，「我不需要他，可是她需要他，」她還在笑，手指間的菸卻險些掉落，「總之，我能自己活。意思大致是如此。」

「妳能自己活嗎？」

「誰不能？這個世上，終究每個人都是孤獨的吧。誰不是自己來、自己走？連予妳生命的母親都會有離開妳的一天，不是嗎？我是相信這個道理的，每一個人都應該照顧自己。那些男人跟我在一起的時候，不也就是這樣才愉快嗎？上山下海去南去北，我都能去。他不必擔憂我的長裙和指甲油，只要專心彼此相處。我可以是他的情人，也可以是他的兄弟。在一起，我們能夠一起建造我們的城堡。

「可是他們不要。他們要獨力建造他們的城堡，然後把他們渴慕的公主小心翼翼捧進去。親手。而我卻是一個長了腳的公主。我自己會走進去。他們就發現這不好玩了。」

「是不是，他們也害怕，有一天，妳會用自己的腳走出城堡？」

她換一個坐姿，挺直腰桿，胸部顯得更高聳，思索，「不，比起長腳的人魚公主，我更像是一個仙人掌。孤伶伶站在沙漠中，渾身長滿了刺。別人靠近不了我，只能遠遠觀察我，羨慕我缺水也能快快樂樂生存下去。其實大部分時間，我什麼也不做，」她抬頭，「只是在等待下雨而已。」

一個年輕男子找了一個藉口坐到我們桌子來，奮力說了一堆俏皮話，她沒有回應，也沒有笑容。她僅拿起桌上毛絨絨的綠色三角錐帽子，往頭上一套，彷彿一棵沉默的植物，定定喝著遲來的瑪格麗特調酒。

之前，之後

我們一起坐在台北東區一家書店附設的咖啡座裡。有一搭沒一搭地，也聊了一陣子。這是一個有著緩慢色調的初春下午。外面，下了一個禮拜的綿綿細雨精緻地綴滿大扇玻璃窗戶。寒風秀氣地從沒關緊的窗縫側身進來，吹涼了桌上的咖啡。

她在說，她老是有一種她在跟世界纏鬥的感覺。疲累，倦怠，剛滿三十歲已經全然蒼老。她以為，她哪兒也去不了。而我，有一種似曾相識的感覺。

咖啡桌，她，窗戶，乾淨的時髦地點，和這些飄在空中的句子。

一切都沒有改變。

她的愛情，她的生活，她的掙扎，她的困惑。而我們總是坐著，談論她的問題。找出解答，馬上又否定，重新再來。一遍又一遍。眼前的她縮成十年前我就認識的那一個少女，黑黑圓圓的眼眸讓她永遠有著受驚的表情。這個世界讓她害怕，她彷彿在說。

她一輩子不曾工作過，也沒離開學校。母親兩年前逝世，退休已久的公務員父親用他的養老金養著他自己和這一個未出嫁、始終在國外遊學的女兒。她經年累月地在散步，大量閱讀，迷戀時尚，懂得六國語言，學會了最上流社會的虛無精神，封鎖在自己劃出來的世界裡，不肯出來。

或用她的話說，她不知道如何出來。情況一來，她焦慮的靈魂只能癱瘓，靜靜等待情況結束。因此，她很自豪地告訴我，她從不曾委屈自己的靈魂跟這個墮落的世界妥協。絕對。

我苦澀地咀嚼「絕對」這個字詞。是啊，除了從不曾打入社會的人，誰還能大聲宣稱自己的潔癖。

「一旦馬鈴薯變得比鑽石重要，人就已經完了。」夏目漱石在二十世紀初寫道。

我抬頭，與她的目光相遇。我讀取到，她眼神中閃爍著一種道德優勢的光輝。馬鈴薯的信徒再度低頭。

「優雅，不是拘謹，不是矯情，而是出自審美。」她用她好看修長的指頭，輕輕敲打著咖啡杯的邊緣，給了她一抹思考的超然神態，「這是原則問題。」

但是，父親的突然中風，迫使她平生第一次考慮到破壞精神自由的可能性。她「似乎」必須返台定居，她「似乎」必須開始工作；她，甚至，「似乎」應該給那個等她多年的男人一個承諾。

「之後呢？」她茫然地問。

雨依然持續下著。密密實實打在窗邊的雨聲，將我們從世界隔離。

銅鑼灣的電腦明星

她工作的地點在香港銅鑼灣。是一家電腦公司的門市。

因為不是什麼大公司，產品少得可憐，雖然努力擺了幾部電腦，店面仍空空蕩蕩。門口卻有一面五十吋的超大電視螢幕，占滿我正好路過的視線，上面是他們公司的網址畫面。

一個不熟悉的網站被如此誇張放大，像一個無名男人的照片被慎重放到新聞頭版，就算你不認識他，也多少隱約覺得他應該很重要。為什麼，你不清楚。你只覺得別人會這麼費事去放大這個影像，一定有他們的道理，而患有資訊焦慮症的你最好注意一下。

女孩的工作就是，每小時一次，站到大螢幕旁做產品解說。

螢幕如此惹人注目，站在旁邊的她也因此有同樣的自重心。她覺得只要她一開口，滿街的人潮都會轉過頭來看她。全世界都在看她。因此她特別注重她的儀容。每天早上她要花上一個小時化妝。她說，一根睫毛都不能出錯，因為小地方的疏忽才常是最致命的。

時間一到，她便從她休息的小凳子上起身，調整重心，俐落輕快走到一小平台上，用她別在制服上的小麥克風，向倉皇走過的人們解說二十分鐘的產品功能。他們網站有很多功能，她甜美快速地一一點到，滑鼠跟著她的話聲走，如聲控一般神奇。我原本以為她有一個同事在後面幫她控制滑鼠方向，她搖搖頭。那是一捲事先錄製的錄影帶，是她必須要去配合影帶的播放速度。

所以她不能出差錯。一句話都不能出錯。她必須跟電腦一樣精準。她如此精準，在我看來，幾乎像個電腦人。聲音、動作、表情，都像是事先程式設計好的。我告訴她，我以為我是開了電腦在看她，可是她卻是活生生的一個女孩。在我眼前。不可思議。

她笑得兩頰發紅。她說，她也是這麼想。她覺得自己跟電腦一樣完美。很少當機。而且，她覺得她的工作給了她很好的訓練。什麼訓練？表演的訓練。她以後要當女演員。電影明星還是女演員？她迷惑地看著我，不是很清楚我在問什麼。

她喜孜孜地說，總有一天，她會成名。到時候她要移民，去加拿大溫哥華買一棟樓房，跟其他香港娛樂名人作鄰居。

秋末下午，我碰見她在中環等車。沒有制服，卻是一身剪裁前衛的黑色服裝，頸邊圍上一條粉紅色領毛。她已經不認得我了。禮貌而客氣回答我的問話，臉上掛著的笑容，似一道吹過的秋風，涼涼貼上我的熱臉。她擺上一個架勢，說不出的表演意味，然後，從綴滿珠片的絲綢小包拿出一個墨鏡。

她在兩眼之間掛上眼鏡。我再也看不見她完美的睫毛。她向我點點頭，招一輛車，離去。

馬尼拉女律師

長腿細腰，睫毛濃密，天生是塊模特兒的料子，但是她選擇了讀法律。自美國常春藤大學畢業，回馬尼拉後，她又受惠於她的性別，很快進入一間頗具規模的法律事務所工作，因為他們需要「更軟性的律師提供客戶更體貼的服務」。

三十三歲，單身，高薪收入，美豔動人，開一輛歐洲進口跑車，只能是人人羨慕、更多是嫉妒的對象。她卻還是有她的煩惱。

「法律界是男人的天下，」她皺眉，「女性入了這一行，好像不小心踏進了一個祕密兄弟會。怎麼樣，他們都不會承認妳是他們的一分子。」她喝一口咖啡，放下杯子，搖頭。

馬尼拉的汙濁空氣至了夏季，難以入肺。路上行人若無其事走來走去。習以為常。而，我們身處的餐廳，卻安安穩穩躲開了街囂亂象，藏在一棟古老樓房的中庭花園，有著西班牙白牆和堅實木椅，大朵紅色朱槿迎風搖曳。這裡一杯咖啡需要兩塊美金，對一般市民來說，是個奢侈。

她穿著德國名設計師的暗灰色套裝，黑色絲襪修飾一雙長腿，耳垂鑲著簡單裸鑽。她看上去就像是西方電視影集上那些令人深刻的女律師，既強悍幹練，又性感出色，不知怎麼，就是能在生命中找到一個完美平衡點，同時得到所有凡人渴望卻一定無法兼顧的魚與熊掌。

她說話很慢，很柔。因為很多時候，她稍微提高聲調或加重語氣，態度略強硬一點，周圍的人就會露出不以為然的表情，「如果男人說話鏗鏘有力，他們的反應是，他真是有魄力；如果是女人，他們就會批評，這樣的女人缺乏女人味。」

可是她知道自己是美麗的。她不認為當了律師，就要放棄自己的女性魅力。旁人卻常常提醒她，這是一個取捨兩難的處境，「男人似乎永遠不用為自己的魅力操心，如果他們有事業又有魅力，是雙重成就；如果他們有事業卻沒魅力，也無所謂，別人總是能原諒他的邋遢粗俗。」她聲音變得粗重些，快速，「女人有事業還是得要有魅力，因為沒有了魅力，妳就不是個女人；即，妳什麼都不是，因為女人的一切都建構在她的性別上。」

「更可恨的是，不光是男人這麼想，女人自己本身也這麼想，今天我成功了，她們都認為是因為我漂亮，才占盡便宜，而不是我個人的聰明與努力；假使，我不是這麼好看的話，她們更會自我安慰，認定我不過是沒有男人注意的一頭中性動物，靠工作來實現自己。」她滔滔不絕地講。

半小時後，她的男伴過來會她。他穿著珍珠灰的雙排扣西裝，皮鞋晶亮，也是個律師。據她說，遠比她重要太多的大律師。

「因為，他有一個正確的性別。」她眨眨眼，站起來，個頭幾乎與男人平高。在下午四點半，走出這家餐廳。

上班女郎

進入美術館的陰涼大廳，我已經注意右邊的她正在講電話。

這棟美術館就像孟買市其他許多殖民地時期留下來的維多利亞建築一樣：雄偉漂亮，缺乏保養。我擠在一群當地孩子之中參觀印度著名的細微畫，聽他們說今天城裡有一個寺廟，慶祝某聖人誕辰，將會有一萬人一起沐浴祈禱。一個青少年認真建議我一定要去看，旁邊的美術館警衛點頭附議，他告訴我下樓去找服務台小姐，她會為我在地圖上指出寺廟的位置。

入口處，木製的服務台長得如教堂告解室，長方盒狀，有著雕花窗口和活動柵欄可以將之關上。服務台小姐就是在講電話的女人。她揮手叫我等一下，因為她忙著。講電話。

我等。靜靜觀視那一大方繁複手工雕成的服務台窗架，彷彿一座精美畫框，把她裱住。框中有框。她身後另一個窗框是一片典型維多利亞式高窗，一角天空因攝氏三十三度高溫而藍得澈透，襯著她粉紅紗麗上的燙金花樣十分之迷亮。我想起樓上印度古畫裡的纖秀仕女。一陣風從建築物骨子裡涼兮兮散出來，吹到外面熱呼呼的花園。

門口一位花甲警衛，過來敲她的窗口，叫她掛掉電話。她一個樣子揮手。等一下。我跟老先生對笑，他對著我講一串印度話。然後，他又伸手去敲女人的窗口。女人秀緻線條崩裂，牙齜嘴也開，她拿開話筒，暴怒對老先生大罵。不會兒，她的耳朵黏回話筒。

回頭看到我，老先生原本頹喪的臉立刻轉為憤怒，似乎不甘在我面前被年輕女人羞辱，他三度用力敲打她的服務台窗口。這次，連手都懶得揮，她直接拉下柵欄，關上她的服務。在上午十一點半。

出了美術館，我招一輛計程車。路上，中年男性司機嘲笑我的服務台小姐：「在印度，這是司空見慣的事情。每一個印度女人都在上班時間拼命打電話。因為在印度，電話費不便宜，這些貪小便宜的女人就在上班時間用公家電話打私人電話。而且她們的電話內容都非常無聊，除了道人是非、還是在道人是非。尤其讓人發怒的是，到了星期六，大部分公家機關或銀行機構只工作半天，我們平常日子要工作的人一周只有這幾個小時把事情辦妥，偏偏你就會碰上這類煲電話女人，任你急得十萬火急，隊伍排得又長又遠，她還是只管煲她的電話。常常，她們還會早退。因為，她要回家煮飯帶孩子。」

他從後視鏡看我一眼，「小姐，說句實話妳別生氣，如果我是老闆，除非不得已，我絕對不雇用女人。因為女人真的是世上最爛的員工。」

我笑笑。窗外，一襲寶藍紗麗掠過，輕靈融入對街蓊鬱大樹和古宅的光影之間。那一整塊矇矓色彩，若一首詩。在我的視網膜，久久不散。

熱帶人生

她喜歡新加坡，她說她從未離開吉隆坡。

在熱帶境內長大，她感覺，三十年和三天沒有差別。倫敦人常說，他們的天氣不是差勁，只是無聊。一年四季，都是這麼一大片霧壓壓的顏色，像塊大布幕罩著整座城市。至少，他們還有一點氣溫變化，她所居住的吉隆坡，真正是一年到頭沒有驚喜。一成不變地光亮暖和，植物不會凋落枯萎，陽光不曾缺席，雨水也不會按照季節分批來。常常吃過中飯，一片雲飄盪過來，沒有猶疑，像電腦設定的草坪灑水器，俐落朝城市頭上澆灌。結束。雲，悠哉移開。

環境如此，生活其中的動物也是如此。巷口狗兒睡覺，總是同一位置，從不睡錯；家裡養的鳥要唱歌，每天幾乎固定時間放送。她那天讀報紙，動物園的猴子因為管理員遲了一次餵食時間，居然生氣罷吃。她擱下報紙，喝完早茶，一如往常趕九點的地鐵去未婚夫店裡，幫忙。

她喜歡新加坡。可是，她不打算去。吉隆坡本身就是個大城市，雖然沒有三百萬人口，一百七十五萬也算是可觀的數字。如果一天認識一個新朋友，她必須活到四千七百九十五歲，才能全部認識完畢。即使，對她來說，他們都一個樣子：性情溫和，樂觀忠厚，篤信宗教，喜歡喝冷飲和辛辣食物。走在路上，看不到一張憂鬱拉長的臉。熱帶氣候讓這個二十世紀末靠資本主義急速發展的大城市，散發鄉城的敦厚和慵懶。

她習慣吉隆坡，可是她喜歡新加坡。她忽然提起她其實去過新加坡一次。那邊的女孩大膽多了。她們上學，畢業後工作，很有野心，穿低胸的衣服，經常逛街，還有人發生婚前性行為。她不是太贊成。

不。她喜歡新加坡，可是不贊成那裡的女孩子。她搖搖頭，溫柔的雙眼從眼鏡後面看我。她的淡紫色頭巾將她整個圓臉蛋包起，直直披垂到胸前，接連她身上的碎花袍子。感覺不到衣服下她的肢體。讓我想起小時候常常拿在手上耍玩的布偶，一個精緻的木製頭部，下面是一個空蕩蕩的布袋。你把你的手伸進去，充作布偶實體。於是，彷彿藉由你的手指通了人性，奇蹟發生，木偶活過來，對著小孩的你眨眼。

她是一個華人，下個月就要嫁給信奉回教的馬來人。她不擔心回教對婦女的規定，對南洋的排華說法存疑。雖然，她從小不喜歡學馬來語，現在愛上了一個馬來人，她很高興自己畢竟認真學了馬來語。她非常滿意自己的生活。從不想改變。

「人生，最好像吉隆坡的天氣，」她推推略嫌過大的眼鏡，和氣地笑笑，「單調乏味。」

她跟著她的未婚夫離開。我望著她回教女性打扮的身影，揣摩著，誰會是在她體內的那隻手。一朵雲，悄悄在我頭上就定位；吉隆坡的雨，準時，來了。

夜·上·海·

在中國，沒有戶口，不能隨便在一個城市定居下來。除非，你是藝術家或外商聘員或打黑工。不留體制內就行。小虹還有她自己另一個辦法。

她假扮外國人住到上海。她有一個買來的奇怪護照，上面的文字連她自己也不理解，據說是南美洲的一個國家。她在我耳邊喊了幾次國名，我都沒能聽懂。她最後對我擺出沒辦法的表情。我們就一起坐在喧音譁語的舞廳裡，看別人蹦迪。小虹不愛跳舞，可她愛看別人跳。

她說，她特別能從中感到一份青春的活潑。

小虹本身也是一個青春的樣板。標準北方姑娘高個兒，細白膚質，鬢邊散著髮型師的羽毛剪手藝，簡單拉件牛仔褲就很亮眼。她渴望當一個模特兒，環遊世界。「妳看那個德國的克勞蒂亞什麼雪佛的，十七歲上了巴黎時裝舞台，一輩子錢賺不完，愛去哪就去哪兒，我也挺希望能這兒樣的。」十九歲的小虹不抽菸，可是酒量很足，一個晚上喝上一打啤酒也不會醉，現在她正拿著當晚的第五瓶啤酒。

在等待機會成為模特兒之前，她打零工。從服務生做到店員、美容師。她喜歡美容師這份工作，學了不少實用知識，她能懂得打扮自己，找個機會交外國男朋友，「我最希望交個日本男朋友，」她沒想到抗日戰爭或南京大屠殺，「因為我還是喜歡東方人的長相。如果可能，交個中國男人是最好的了，可是日本人比較有錢。能帶我去見世面。」

小虹終究下場去蹦舞了。一個四十幾歲的台灣男性朋友從舞池回來，滿頭是汗，不歇氣地灌下一整瓶啤酒。原本是台灣一家廣告公司的高級主管，五年前被裁員後，就來到上海做古董家具生意，前不久剛回台灣辦了離婚。目前單身。他聽說我來上海，堅持要請我去見識上海的夜生活。他帶來四個女孩，平均年齡不超過二十歲。小虹是其中之一。

「我看妳和她聊得挺好的，」他用手上的啤酒瓶指一下舞池中的小虹，「那女孩真漂亮，可惜她只和外國人交往。東西也都用外國牌子。妳聽說了她有一個外國假護照嗎？」我點點頭。

「真不知道她在想什麼。她只在上海活動，又不出國，拿個假護照晃來晃去，反而危險。要個新身分，也不能這樣搞。」他搖搖頭，略嫌假意嘆了口氣。我等著他的下一句話。不知如何，我有預感他將要告訴我一件不可思議的事情。然而，他卻什麼也不再說。

他只饒有玄虛地對我擠眉，別過頭欣賞小虹舞姿，迴轉又微笑，再把目光移去舞池。來回反覆幾次。我有點焦慮起來，卻假裝不在意，跟著望向小虹。彼時，快舞切入慢舞，燈光轉換，舞池變暗，所有立體的人形剎那間化為剪影。

我撞視，小虹的黑色側影線條不含糊地突出一塊小角錐。正在喉央。

性·福·

鈴子拿了十二個月獎學金，到美國第一件事就是交男友。到了第二年該回去的時候，她已經換了七個男友。而，她正焦慮找尋第八個。

我們沿著校園湖畔散步。「我必須趕快交到新男友，」鈴子眨著她日式美少女的黑眼珠，烏溜烏溜，「因為，我父母跟我有個約定。約定就是約定。不能不遵守。我們日本人很重視誓言。」

轉彎，進入學生活動中心的咖啡廳。一邊排隊買咖啡，鈴子一邊告訴我：「早在兩年前，我父母就已經安排好一個結婚對象，他們希望我一滿二十五歲就立刻跟他結婚。妳聽過，過了十二月二十五號的聖誕節蛋糕這個比喻吧？」奶精沿著咖啡漩渦捲入，鈴子舔一下塑膠湯匙，「他們不希望這種情形發生在他們女兒身上。當然，我反抗了。他們也算明理。於是，在我出發來美國念研究所之前，他們跟我約定，只要我在學業結束前找到我自己喜歡的對象，包括長相、經濟前途、家庭背景、性能力，都能令我自己滿意，我就能不接受他們的安排。」

我困難嚥下一口滾燙咖啡，「妳提到性能力嗎？妳父母跟妳談到這個嗎？」

「我母親。我母親告訴我，男人的性能力非常重要，是婚姻成功的關鍵。一個女人能不能幸福，全靠她丈夫在床上的表現。」

她笑彎了眯眯細目，戲謔我的驚訝。然後，像典型的日本女性一樣，她把點頭當作句子的標點符號使用，繼續說，「我母親告誡我，千萬、千萬，在結婚之前，要瞭解自己丈夫的性能力。如果不滿意，就要趁早取消婚禮。」

「這，在日本，是很普通的禮俗嗎？」

「不能說是禮俗。但是有很多女人都已經有這樣的想法。因為，女人一旦結婚，就必須過著非常保守的生活。妳必須隔絕於世，只專心在妳的家庭。妳的丈夫會是妳的天，孩子是妳的地。妳僅有的個人樂趣就是每個星期一到兩次的性高潮。純屬妳個人。無人能取走。唯一能夠對此發生影響力的，就是妳的伴侶。所以，妳說呢？」

我想起她的七個男友，推測他們出局的原因。她探詢我的詭異表情，甜甜地笑：「妳在笑我和那些男人分手的原因嗎？我告訴妳，世界上最爛的情人，就是學院裡的這些研究生。」我們失控狂笑，旁邊一個正在帶討論的男助教不滿對我們斜目。

「妳不能用性能力當一個藉口，不接受你父母安排對象嗎？」在宿舍門口分手前，我問鈴子。

「這就是得誠實回答的問題。」鈴子無奈又愉快地聳肩，「他，其實還不錯。」

離別是成長的記憶

他們高中認識，牽了第一次手，還來不及接吻，就再也不曾在同一個城市居住過。高中畢業後，他隨家人移民，去了美國東岸讀大學，她則跟著她的家人前往澳洲定居。那時候電子郵件還不發達，國際長途電話很貴，他們就靠著一個星期手寫一封信聯繫感情。寒暑假是碰面的好機會，雖然無論她飛美國或他去澳洲或兩人都回香港，均是長途跋涉，他們不以為苦，雙方家人也不置喙。

「有時候，想他真是想到心痛。」她淡淡地說，幾乎不帶感情，「每次見面分手，我們不說再見，因為大家心裡想的都是不確定這段感情能夠走多久。也許他遇見一個女孩，我就近認識了一個男孩，就會雲淡煙輕不留痕跡地散了。我們都還很小，誰也沒把握。」

等到四年大學學業告一段落，她申請了美國東岸的研究所，不料他卻接了西岸加州的工作。雖仍聚少離多，至少，已經住到了同一塊大陸上。接著，她回香港工作，三年後，他也來到香港。繞了地球近十年之後，終於，他們能夠在同一座城市裡相聚生活。

沒有歡天喜地的表情，沒有鑼鼓喧天的慶祝，不談婚姻，甚至不住在同一層公寓，他們只是繼續他們高中時代牽手壓馬路的關係。當著我的面前，也沒有專心當偉大愛情模範的決心，不過一對街上一摞就一大掛的老夫老妻，相處隨隨便便，沒多講究，喜好拌嘴，她對他大吼了好幾回，他也毫不客氣回敬。實在看不出這段愛情有什麼值得苦苦隔著闊洋巨陸、跨過歲月隔離地如此執著。

「不曉得為什麼，我見到他，就有股回到家的感覺。」她忖度我的疑問後，回答，「在香港長大，不免要學習離別。今天約翰移民英國，明天維多莉亞去紐約讀書，後天珍妮去舊金山，再來我自己也走了。小時候認識的人，一時，就都不在了。看到他，就好像看到過去的自己，每天上學讀書，教室裡的每一張臉孔妳都認識，回家路上能在熟悉的店家買一杯涼茶，在書店翻翻公仔書，到了晚上，家裡的人都坐在電視機前面，大呼小叫地吃飯。現在我們全家要坐在同一桌吃飯，要先買上五張機票，才能湊齊。」

頭一次，我見到她感性地微笑，眼眶泛光。她轉過頭看著港島文華酒店窗外的菲律賓女傭，密密麻麻坐滿中環的道路和任何公共空間。星期日的香港，總看起來像是已經割據給了菲律賓。

「他讓我想起那段時光，」她頓一下，「曾經，所有疼愛我的人都還在身邊。」

胡同

兩年前在一次聚會見過她。當時她是一個名不經傳的北京地下搖滾樂歌手的女友。我連歌手的名字也沒能記住。

那時，一大群人半夜坐在一家外國人開的PUB，個個點上一瓶汽水，沒誰喝酒，大概是這樣能少花錢。聚會上的人應該都是些所謂北京地下文化圈子的菁英，有歌手、有導演、有編劇、有演員，一應俱全。人人有夢想，可沒一個有工具有機會能實現。那天晚上，台灣某家大唱片公司指派在北京的商業代表晚點會來，他手上有一大筆錢，等著投資還未世出的北京才俊拍電影、出唱片。唯一條件是使用該唱片公司那些台港歌手的歌曲當配樂，而且讓他們軋上一角。有點代價，但你會有自己的電影。

其中一個導演已經按照這個要求拍了一部片子，只見他特別滿面春風，心平氣和坐著。其他人的臉上就不免還有一點點匱乏的晦氣，流露不滿足的神情。他們等著。等著那個資本主義代表來。

她從頭到尾沒說多少話。只像隻小鳥依著她的情人。我問她是編劇還是歌手，她搖搖頭，答是別人的女友而已。然後不知怎麼聊到她住在胡同裡。我當場表現極大好奇，想去拜訪她的住處。

「這兒……不大方便兒吧？也沒什麼好看兒的。不過就那樣兒嘛！」

她立刻斷然婉拒。她並且表示，她很快就要搬走了。搬到歌手的住處。

是一間現代化公寓，有自己的衛生間。說著，原本就攀在歌手臂上的她的手不覺又拉得更緊。

年初，我無聊在一處胡同閒晃，有人叫出我的名字。花了一些時間，在她的提示下，我才羞愧記起曾經見過她。然，還是想不起來名字。

「那當然囉，我沒告訴過妳我的名字。」她直爽的氣質有如那天下午的冬陽。乾燥暖和。

我們於是一起站在狹窄的胡同道上，幾扇灰藍色老舊木門，不規則嵌進那一整面淺灰色磚牆。轉彎，站著幾棵光禿禿的枯樹和兩個光禿禿的老先生，正在聊天。她在回家路上。

我說我以為她搬走了。「是，是搬走了，但又回來了。外面住不習慣。」清朗的聲音跟樹上鳥鳴同時迴響在長長的胡同空間裡。

她告訴我，我們見面的隔年春天，她果真搬去跟搞搖滾的男人住。男人好像有點辦法，雖然從不曾出過唱片或揚過名，公寓倒真是寬敞新穎。頭兩天她很興奮。一個星期過去後，她開始感到生病。不知什麼原因，就是渾身沒氣力，而且頭痛。晚上也睡不著，老覺得公寓角落會有黑蜘蛛爬出來，吐毒液在她睡覺微張的口。

她變得神經兮兮，當然兩個人的關係就不會好。先是天天吵架，然後照三餐吵；一見面就吵；最後演變成就算對方不在屋裡，聞到對方留在枕頭的味道也受不了時，她搬回胡同。

「奇怪的是，一住回胡同，我整個人就沒事了。頭不痛了，覺也能睡了，精神好得不得了。」她打電話給男友，兩人碰面，他也很訝異見到她的轉變。他們於是復合，一直到今天還沒分手。他也搬來跟她一起住在胡同。

我重新提議去拜訪她的住處。

「別吧！沒什麼好看兒的。不過就個住的地方兒嘛……」又一次，她殘酷回絕了我。

非我族類

她幫男朋友買飯洗衣，去郵局繳款存錢，代他去上課。將整本原文教科書翻譯成母語，所以男友可以輕易閱讀。書頁上有她親筆劃下的重點：黃色代表重要，橘色代表非常重要，綠色代表特別重要。她的男友抱怨太多顏色，無法閱讀，最後由她替他參加考試，還交了三十頁的期末報告。

那個學期，男友每一科成績都上了八十分，她自己平均六十五分，一科需要補考。假期開始的前一天，我跟她坐在鳳凰樹下，等人。她等她的男友，我等我的男友。

一隊女同學遊行經過我們面前。她們正在抗議女生宿舍的門禁時間。晚間十一點整，宿舍大門準時上鎖。彼時的宿舍就像錢鍾書筆下的「圍城」，外面想進來的進不來，裡頭想出去的出不去。只不過是大學時代的宿舍，已經像個糟糕的婚姻。

「我喜歡門禁。女孩就應該早點回家。宿舍大門上鎖，對我們比較安全。」

我斜過頭看她：「妳不會覺得不方便？或者，覺得被控制？」

「不會！女生就應該被保護。我就是喜歡被保護。」她文柔正直地說，「女孩子晚上到處亂跑，會引誘男人犯罪。」隨後，她提起一個也住宿舍的女同學，批評她不回宿舍、在男孩子住處過夜的行徑。她的表情溫馴，聲音卻非常嚴厲。

班上的一些謠言，我也約略聽說。然，此刻，我不知道是否妥當提起她自己也常在男友家過夜的事實。我舉棋不定，無法決定我的態度。我也不清楚她究竟是喜歡還是厭惡她正在談論的事情，因為她的描述方式是如此投入，如此細膩。

「所以，」遠遠，她的男友走來，她倉促結束故事，想要在男友迫近前三十秒做總結，「女孩子就應該守住自己的貞潔，等待一個對的男人，然後，獻給他妳所有的一切。這才叫真愛。」

畢業後，我在街上遇見她。告訴她，我們有一個學妹成了名人，以台灣最後處女的名號，出了一本書。她哈哈大笑。

「真是個白痴！」

「這不是妳當年支持的論點嗎？」

「是啊！可是，我是個好女孩，我真心誠意，那個女生不過是想賺錢。」

「妳對什麼事情都是這麼雙重標準嗎？」

她看著我，似乎有點生氣。但是她善良的性情究竟讓她原諒了我，她只是微笑，細聲細語談了幾句天氣。我卻不識趣地指著街上來來往往的婦人女孩，續問：「妳怎麼定義好女孩和壞女孩？裙子長短？頭髮式樣？臀部尺寸？還是胸部？」

她鎮定地將左手的提袋移到右手，抬起下巴，一字一句從嘴巴慢慢咬出來：「像我這類的女孩就是好女孩。」

陽光下，她看上去非常確然。

愛的真諦

她曾在攝氏零下十度的冬夜被拋出自己的家，一個晚上不得其門而入，身上雖裹著厚大衣，裡面卻只有薄薄的絲睡衣，沒有圍巾也沒有襪子，很快，雪滲進了她的小牛皮便鞋；也曾在清晨四點，熟睡的她忽然被狠狠搖醒，目光還未能辨識黑暗的紋路，兩三下，來歷不明的耳光已經火火辣辣打得她更睜不開雙眼，幾乎瞎盲著摔出床外。

這都還不是最糟的。朋友見過她像出了一場大車禍，渾身被支解過又拼裝回去，整個人看上去如同應該面臨淘汰命運的舊型機器人，手腳有點不協調地走在路上。她的右邊唇角破裂鼓脹，完整的左邊唇角卻上頂著烏黑眼圈，下巴因下排牙齒門牙位置打落了四顆而有點乾癟。

面對朋友詢問，她淡淡地說，先生打的。她那麼心平氣和。臉不成臉，一滴眼淚也沒掉，還面帶微笑。

是她自己不應該，煮個晚飯，居然忘了把電鍋插頭插上。等菜上了桌，卻沒有白飯，覺得一頓餐沒吃到飯就不像吃飽會全身無力的先生馬上就飆開了。

她趕忙要去把白飯蒸上，火冒三丈的先生冷酷擋在廚房門口，問她要做什麼。等她飯煮好了，菜也涼了，他還是不能吃。又得再去熱菜，菜熱過第二次就失掉了鮮味。前前後後，這麼折騰，簡直浪費時間。他的時間。說到這裡，他狂嘯吼叫，不僅掀掉屋頂，瘦弱的她更被高高舉起，重重摔回地面。工作了一天的丈夫忽然不再疲憊，奕奕有神地在她身上練拳踢腿。

妳根本不愛我，不關心我，不在乎我；不然，妳不會忘記我最在意的事情。妳明明知道我喜歡吃飯，我需要吃飯，我一餐沒吃飯就像沒吃過飯一樣，妳為什麼還要這樣子折磨我。妳是故意的。分明是。無可狡辯。

丈夫閃著淚光，越想越傷心。不由得，又對躺在地上的她補個兩腳。

她這麼直接明白把受傷的緣由說出來，沒有怨恨，一時之間，朋友竟無法責備她的先生，只問她該上醫院去檢查。

好好的，人沒事啊。不必去醫院。她祥和平寧，有點小女孩的傻樣子，「他是對的。如果我愛他夠深，我就會時時想到他。顧到他的需求。」她有點機械式重複了兩次，「被愛是容易的，愛人是一門藝術。得學習才行。」

大街上地攤小販在叫賣，每輛汽車漫無章法地找著自己的路子奔馳，家家戶戶為了取暖燒著煤炭，屋子排放出來的濃煙遮蔽了城市的天空。不過中午，已經看起來像傍晚時分。一束陽光好不容易找個空隙探路下來，映著她黑髮中的銀光。她的臉龐瘦出一股淒楚的神經質，雙手不安地絞動她皮包的細帶子，兩隻大眼睛看著人卻又沒有真正看著。

她的笑容始終沒有消失。

朋友眨了眨眼睛，眼淚流下來。都怪那該死的煤炭渣子汙染了空氣。

丈夫的腳印

不過四月，走在印度南部，宛如免費享受都市健身房的高溫烤箱，身上每一個毛細孔均張開，讓汗水痛痛快快流出來。感覺全身逐漸蒸發，我一邊拉扯黏溼貼緊腿部的褲腳，一邊隨她和她的大女兒進入一家冰果室。

坐下來點了果汁，我發現，她一滴汗也沒流。

她丈夫是印度一家大型網路公司的總裁。隨著印度網路及軟體等高科技公司在美國股市發燒，他個人身價目前已經高達兩億美金。作妻子的她仍穿著質料便宜的紗麗，樸素的涼鞋，和一副樣式老舊的塑膠眼鏡。剛剛一路載我們四處觀光的私人轎車也不過是一輛日本豐田車。現在要喝一杯果汁，她捨棄了鎮上新近落成的四星級飯店，帶我到一家占地狹促、裝潢簡單的店。

她並不多話。不是因為害羞。時有時無透露一種威嚴，當她面對車裡的司機和街上的乞丐時。只有那一瞬間，我見到兩億美金掠影而過。

一時興起，我問她頸上的金鍊子是不是嫁妝。她從衣服間拉出那條金鍊子，看上去光裸簡單的一條，卻分量頗重。下面垂著一雙鞋樣的墜子，旁邊串上幾個也是黃金製成的珠子。

「這雙鞋子代表了丈夫的腳印，表示妳在丈夫的腳下。」她特意拿起那雙鞋墜子，解釋，「每一個信奉印度教的女人都有一條這樣的鍊子，串上如此圖樣。結婚那一天就戴上了。」

這條項鍊從此不曾取下過。伴隨她出門旅行，與朋友喝茶，早晚洗澡刷牙，懷孕生產，和一些零零碎碎的活動如讀報、提錢、購物、寄信、睡覺、作菜等。陪她數著年華，從初嫁為人妻的少女成為今天兩個青少年女兒的中年母親。

二十年，鍊子就在原位動也不動。她確認，從來，沒有拿下過。其他印度教女人也都遵守如此教規。

她又為女兒和我各點了一客冰淇淋，自己喝起胡蘿蔔汁，然後，我們三人重新走入下午三點的烈陽下。漫步於澈娜滴市號稱世界第二大的沙灘，黃沙寬廣如漠，盡頭是一條細細的水藍帶子。賣吃食紀念品的小攤間歇性打亂了單調的大自然線條。即將進大學的女兒要求喝一瓶可口可樂，不知道是因為陽光過度刺眼還是不悅女兒的要求，她皺起眉頭拿出十塊盧幣。

風夾著細沙拂過，一點也不涼爽。女兒告訴我，晚上她都和朋友來這邊沙灘散步聊天。我問她這是不是一個男孩邂逅女孩的好地方，她開心地笑了。

「所以，妳要是認識了一個喜歡的男孩，妳也要為他戴上一條有他腳印的鍊子，讓他踏在腳底？」我跟女兒打趣。

一陣子沒說話的媽媽靜靜開了口：「這條鍊子可以不只是一個教規而已。我愛我的先生，我愛我的婚姻，我愛我的家庭；我以為，看似一條為了傳統而戴上的鍊子，有時候反而提供了一個簡單的儀式，讓我表達我說不出口的心意。」

據說，過了七點，沙灘會冷卻下來，變得非常怡人。屆時許許多多鎮上的年輕男女都會來到沙灘閒晃。其中，有些人的一生將因為一次相遇而徹底改變。

印度新娘

星期日早晨，在新德里，一座印度廟宇的後花園裡。大樹下，鋪了一塊色彩鮮麗的棉布，一群女人坐在上面。有妙齡女郎，也有年紀不輕的婦人。旁邊男人們圍站著，年紀同樣參差不一。沒有人說話。氣氛安寧，卻同時有股什麼事情正在發生的感覺。男人用目光估量著坐在地上的女人，年輕女孩都低了頭，而中年婦女抬起頭回視男人的凝望。

我臨時結交的一位印度朋友解釋，他們正在相親。年輕男女是實際參與者，老一點的長輩陪伴他們前來，減少尷尬，順道給予建議。長輩的在場，也增加了禮教的正當性。理論上，這些年輕男女都是初次見面，只從媒婆口中籠統略知對方的一般資訊。但是，隨著這些年印度社會的改變，很多年輕人均自由戀愛，私下論及終身，再相約到如此場合。對他們來說，這不過是一個形式重於內涵的傳統儀式。

朋友指出一位女孩。她的皮膚白淨如玉，在印度社會被視為一項資產。當天其他印度女孩大多有著黝黑的皮膚和細瘦的手臂。只有她皮膚白嫩，臂膀結實。在《紅樓夢》裡，她是寶釵，不是黛玉。很快地，她就在那群適婚待嫁的印度女兒中脫穎而出。不僅原來就安排的相親對象目不轉睛盯著她，其他男人也不時偷偷瞄她，私下打聽她的家世。

「娶得新娘似她，代表家族的富貴。」我的朋友說。她自己的皮膚褐中帶黃，因過度曝曬而略有斑點散布。我問起她自己的相親過程。

「一開始，他不怎麼喜歡我。因為他是一個攝影師，他們家世代都是從事攝影。是傳承的家族職業。他有點藝術家性格，非常浪漫，本身已經很抗拒相親這個概念，更何況，見到我並不是一個仙女下凡，他很猶豫。」她說，「我們斷斷續續約會幾次。大概，一年以後，他忽然提議，我們還是結婚算了。」

「妳為什麼答應？」

「我很徬徨。雖然，他相貌堂堂，品行不錯，似乎很能託付終身。因為他不愛我，我呢，也不夠愛他。於是，我去廟裡求神，神告訴我，這是一樁可行的婚姻。婚姻的可行性高於愛情。」她說，「最要緊的是，我家人贊成這樁婚姻。」如今，她的兒子足歲十八，也是攝影師，準備接掌家族生意。

我向我的朋友告別。在廟宇外面，碰到了相親結束的薛寶釵。她在大學主修藝術史，明年畢業，希望成為一名藝術評論家。相親對象是父母安排的，今天是第一次見到他。對方畢業於理工大學，在一家高科技公司任職軟體工程師。

「妳喜歡他嗎？」

她猶疑了一下，「嗯，我想我算喜歡他吧。」

「妳在大學唸書，沒有另外遇見喜歡的人？」我問。

「世上，我的家人最重要。」她不直接回答問題，「我的父親對我有很大期望，這是為什麼他讓我受教育的原因。他非常疼愛我，為我作許多安排，我相信、也依賴他的判斷。」她微笑，眼睛大而深黑，如一泓湖水清澈卻又深不見底。

睡美人

她一年難得和自己丈夫見上幾次面。不過就那幾個需要家庭集體出現的重要節慶，跟著孩子一起聚會。可是，她不以為意。至少她表現如此。

她笑呵呵，扯著昂貴的 PASHMINA 手工刺繡圍巾，以防它從肩上滑落，「男人嘛！都忙！」

她的先生在香港算是小有名氣的商人。十幾年前，香港一家報紙曾經派出狗仔隊，拍了照片，報導她先生和一名小明星約會吃飯的事情。聽說幾年前更買了一棟半山區豪宅給這個一出道就像過了氣、始終紅不起來的女明星。那個女明星從此不愁吃喝，再也不必辛苦趕戲爭排名。還真感謝商界人士照顧娛樂界的下崗工人，香港媒體刻薄地寫道。

不清楚她知道不知道這件事。一般女人都會知道吧，只是都會裝作不知道，介紹我認識她的朋友說。這樣日子好過些。

總之，她也有她自己的日子要過。每天八點起床，先去家裡健身房運動。九點吃早點。餐桌上一成不變擺著兩個水煮蛋、一片烤吐司、一杯牛奶，少不了奇異果和紅肉木瓜，因為她堅信這兩樣水果會幫身體排毒，有美膚效果。十點，上美容院。美髮、做臉、修指甲、美腿、除毛、紋眉、健胸，夠她辛苦了。為了保持身材，中午她不進食。下午，與朋友相約逛街喝下午茶。我就是在一次午茶時間，被引介給她。

她其實是出奇美麗的一個女人。而且處處得體。話量適中，笑容不斷。初次見面，在一群香港闊太太之中，她予人和善的印象。

看出我經常熬夜，她親暱摸摸我的臉頰，絲毫不吝嗇分享她的美容祕方：「三十歲就該開始保養了！像我，二十五歲起，每天八點以前一定上床睡覺。妳看，我現在四十五歲了，還有當年的皮膚！」的確，她仍有一個二十五歲小姐的模樣。

「她啊就是個睡美人！全靠睡覺來保養的！」另一個看起來就是準四十五歲沒錯的太太調侃，「叫她來打麻將，過了八點，就起身回家！說走就走，留都留不住！」

「對啊！我好愛睡覺。一倒就能睡個十幾小時沒問題。去美國看我孩子，我都沒時差問題。因為一上飛機，我就開始睡覺。」她的笑容穩定，好似，現在就算整個天就在她面前倒覆逆轉，她也會依然如此嫻靜快樂。

「喂，妳老公總是那麼晚回家，萬一半夜找妳親熱，妳照睡嗎？」一個太太開了玩笑。空氣突然稀薄起來，難以呼吸。每個人鎮定如常，笑容卻如人工果凍般凝在臉上，發出不自然的色澤。

她停了幾乎感覺不到的一秒，然後，坦直大方地回答：「那要看他是不是真的王子囉。」

所有人都大聲笑了。雖然我聽不懂她的意思，也趕緊跟著笑了。她自己尤其笑得開心，連不常見的眼角魚尾紋都跑了出來。

緋‧聞‧女‧主‧角‧

所以，她就是緋聞女主角。

我發現自己像一般正常讀過八卦雜誌的人，開始窮盡眼力打量眼前這個女人。髮質不錯的長髮，高個子，長腿，清秀五官，平胸。我正要暗地來個評論，她瞪了我一眼。眼勢之凌厲。我膽怯了。

「每個人都說，我本人比照片還美。妳說呢？」她先下手為強。我只好點頭。

我們相約在台北東區。當中午陽光換成下午陽光，她姍姍來遲。她說她不餓，在聽說是我買單後，隨即點了一客牛排。然後，我們一起坐在地中海裝潢的咖啡店裡，窗外站著大型的盆栽熱帶椰子樹，桌上擺著日式陶瓷糖罐，我看著她露在台式拖鞋外的藍色腳指甲。一切都顯得非常超現實。

沒等到高中畢業，她便離鄉來到台北，一心想踏足演藝圈。在一次餐聚，她認識了一個名男人。男人雖然已婚，但是足夠好色到注意眼前這個女孩：青春可愛；並且，唾手可得。上了幾次床，她開口跟他要求條件。幾年關係後，發現男人沒法滿足她——如同大多名男人，他稍微過度吹噓了自己的能力，她把他們的故事賣給了八卦雜誌。在雜誌報導裡，她說，不擇手段，她也要成名。

男人的婚姻保住了，事業卻因此走下坡。而她，還是不太有名。

牛排送來。邊吃，邊抖動著自己美好的長腿，她瑣瑣碎碎在自語。我以為體貼地詢問牛排熟度，她不理睬我。我只得坐在她旁邊發呆。聽著她的聲音如一隻蚊子，一直在我耳邊嗡嗡繞著圈子，不來不去。惱人之極。慢慢，由遠而近，這隻生性嗜血的蚊子決定啪地攻上了我的耳朵。事情來得措手不及，我雖毫無準備但不能不說沒有期待，就這麼詳詳細細聞到第一手羶腥滋味。一味不差。很少新聞人物願意會如此公開爽直談論自己的私事。隔壁桌客人也顧不了禮貌，扭頭，跟著我一同專心聽起她的緋聞故事。

她咬牙切齒罵媒體拆散他們。激動轉身，她手上高高捏緊的刀叉旋地轟在我的鼻前：「我也曾經有夢想，對人生充滿希望。我單純，又天真。可是，媒體毀了我。他們為了讓他們的報導有趣，不惜捏造作假，詆毀我和他，好了，他們賣了一期雜誌。一期。我的一生卻毀了……」她的眼眶微紅，「這還沒關係，可是他呢？我毀了一個世上唯一跟我真心相愛的男人。這件事，連我自己也不能原諒自己……」長髮落溜遮了她的半邊輪廓。要不是她的黑眼線過濃，我會說她看上去十分楚楚動人。

手裡的刀子仍沒放，她騰出一隻指頭撥回頭髮，坐正，「我是個媒體受害者，像戴安娜王妃，妳懂了嗎？」她把剛切下來的一口肉送入，大嚼起來。一點事兒也沒有。「我，就是，戴安娜王妃。可不是什麼陸文斯基，她胖死了！」

一直到我們說再見，她都沒有正面看過我一眼。何必。當整個世界是那麼超現實。

卡·娃·伊

她想要自殺。每天起床，刷牙，站到鏡子前，她立即被一股急躁的慾望襲擊。她想要：推開單人公寓僅有的一扇小窗戶，從十八樓往下跳。等她羞辱掙扎至衣櫥前，她詛咒自己當場倒地暴斃。不需病因。

裝扮，對女孩像呼吸一般自然，她卻彷若得了氣喘，幾乎窒息。生活在日本，她浮腫仄小的單眼皮、圓潤豐厚的腰腿和沒有起伏的胸線，比犯了重罪更值得遭到唾棄和譴責。蘋果紅的可愛雙頰也救不了她的自尊。坐在餐廳裡，走在街上，擠在電車內，她神經兮兮感到別人和自己的距離正逐漸拉大。加寬。伸長。

不怪別人。她是新世紀的痲瘋病人，本應該隔離處理。她認為。

周末的青山道，人群滿滿充塞著。她渴慕的眼神攝取櫥窗內每一件魅惑耀目的時裝，卻怯懦得不敢進到店裡，要求試穿。她搖頭，露出含羞草的表情，輕輕別過頭去。我們於是並肩沉默地走著。一陣，來到明治神宮。

站在許願牌前，我慢悠悠讀著別人生命的願望。恍然之間，以為自己是神。回頭見她咬著嘴唇，出神。

「年前，我也在這裡許了個願。我祈禱能夠瘦下去。」她撥弄自己額前的瀏海，「不能夠再忍受沒有感情的生活。如此的長相在東京，只能過著寂寞的日子。」她靦腆地低頭。

出來，我們坐在神宮前的廣場。時髦俏麗的年輕男女如臨季魚潮不斷湧入，密密麻麻，紛紛嚷嚷，不時有一兩條鮮豔的魚兒抓住我們的視線。那是一個溫暖的初春天氣。很多人把大衣脫下來，挽在手邊，神情輕鬆地走來走去。我聽著她小聲說：「說什麼內在美，都是謊言。男孩子只注重外表。女孩子也是。長成這樣，別人作我的朋友都覺得丟臉。」

「跟父母的關係也不好，我怨恨他們給了我錯誤的基因，」她拿出路邊工讀生發送的面紙袋，上面印有剛開幕的美容院廣告，抽出一張，抿乾因呼吸寒冷空氣而流出的少量鼻水，「每次回家，他們永遠以一種非常慈憫可憐的表情看著我，好像因為把我生成如此而感到愧疚。我不能忍受。拜託，我只是長得不漂亮，又不是智障。」

我以為她太敏感，她不置可否地拉長頸子，望向一家咖啡店的美麗窗台。我們站起來，去喝咖啡。她開始談起她去紐約旅行的經驗。

失去聯絡後兩年，我在電視台上看見一個日本節目，報導一個一心一意想要整型的交通女警。有著小眼睛和不整齊牙齒的交通女警斬釘截鐵地表告，在日本，一個女孩如果不可愛，就根本不必再值得活下去。

我打電話到東京找她。一個不說英語的年輕男孩子接電話，我的日語更是碎離。最後，混雜了兩種語文，我們痛苦地交談。他告訴我，他搬進來很久了。不，不認識那個女孩。從來沒見過。不曉得她搬去哪裡。她是妳朋友嗎？是。

「她，很卡娃伊呢！」不知道為什麼，我突然冒出這句日語。

仙女下凡

初識，她跟我說的第一句話是：「妳是什麼星座的？」聽了我的回答之後，她拍拍胸口，深深吐氣，慶幸我的星座和她的還能相處。不然，她該掉頭離開嗎，我開玩笑地問。她卻認真點點頭。有些人就是注定不該相遇，硬要違抗老天爺的安排，只是自己找災受。世間一切自有巧妙機算，可惜的是，不是每一個人都能看出其中玄機。唯有少數先進的靈魂，才有福參悟天機的運行。她說。

然後，她指著自己一雙靈秀眸子：「看到沒？眼珠子的黑顏色比例大過白顏色，代表靈性聰慧。因為，我是仙女下凡。」因此，她自小就什麼事都先人一步。好比，婚姻。十七歲便遇上了現在的丈夫，很快結了婚。初見面的那天，她就在人群中認出他。在前六輩子的人生，他們已經作了六次夫妻，今生是第七世，即將修業完滿。他們會一起回到天上，從此過著神仙伴侶的生活。

七世夫妻。聽上去幾乎是《山海經》時代的故事，我不禁神往。她卻殘酷地粉碎了我的浪漫，因為她隨即談起作為仙女，她擁有天啟的第三隻眼睛，讓她能夠看到愚鈍的平常人無法望見的「東西」，如死後無所歸依的遊魂。

當時，我們身處台北一間國際大飯店二樓咖啡廳，她的視線越過我的肩膀，落在我身後某處，附近人聲吵雜，飯店播放著電梯音樂，樓下大廳還有鋼琴搭配大提琴演奏一連串好萊塢經典電影主題曲，她的聲音安靜無比卻清楚傳到我耳裡：「譬如，現在，有兩個人就站在柱子旁邊，看著我們。」她輕輕頷頭，打了一個看不見的招呼。

不用轉過頭，我也知道，那邊其實什麼人都沒有。

有關該間飯店地點在日據時代是個刑場的傳說，和大廳入口掛著兩幅漂亮書法不是為了裝飾目的、卻是佛家咒語，用來鎮壓鬼怪妖魔的說法，此刻，顯得生動駭人。陡然背脊發涼，我仍強作鎮定。她對我微笑，滿不在乎地夾起一筷子鹽烤鮭魚，喝味噌湯。

「常常看見，妳就習慣了。不會害怕。」她安慰我。

遲到的朋友終於抵達，連聲道歉，坐到我左邊的一把椅子，她阻止他，要他換到右手邊的座位。他絲毫沒有異議，也不詢問原因，便溫馴地按照她的指示。在一陣叨叨絮絮敘說她在他紫微斗數命盤讀取的資訊之後，她起身去洗手間。為打發空檔，我隨口問那個朋友，她既談西洋星座學又懂中式紫微斗數，使用仙女字眼同時提到靈魂歸屬，究竟，她信什麼宗教。他說不出個所以然，只強調她的第六感常常很靈驗。

她回來後，皺眉，把咖啡杯從右邊擺到左邊，問我們誰動了她的杯子。我們想不起。忙碌於重新調整她的餐具，她不經意抬頭，像是聽到我和他稍早的談話似地對我說：「妳可以說，所有宗教，我都信，也都不信。我去廟裡燒香，也會上教堂。因為，神，只有一位。雖然每個地區的人們看見祂的方式都不同。宗教，是人類創造出來給自己吸食的精神鴉片。清醒的靈魂，自有方法直接面對神祇。不必他人的協助。更何況，我是仙女，我就住在神仙的隔壁。」

她嫣然一笑。接著，目光放遠，點點頭，彷彿，又跟一個無形的靈魂道了日安。

性感新加坡

她一直追問我對於新加坡的想法。我思索了一下，口香糖、鞭刑和肛交快速掠過我的舌尖，最後脫口而出卻是：「我覺得，新加坡女孩的胸部都長得一模一樣。」

她愣了一下，然後哈哈大笑。我尷尬地摸摸頭。

可是，當我們一起走在大道上，頭一次，她開始仔細觀看她自己女性同胞的胸部後，也終於發出不可思議的讚嘆：「我想妳是對的。幾乎所有新加坡女人都有一模一樣的胸部。無論是尺寸或是形狀。簡直是同一個模子印出來的。」

雖然是冬季，新加坡的熱帶太陽並沒去休假，來來往往的女性仍一律穿著低胸細肩帶的 T 恤，乳房形狀清清楚楚。不大不小，堅挺嬌柔，可愛勝於誘惑。她低頭看看自己的胸部，又看看我的。瞄來眼去，突然發笑，最後指著我的胸部：「這一看就是外國進口的！」一時聽不出她是諷刺還是讚美。

夜晚來臨，我跟隨她進到一間前衛西化的 PUB。天花板故意裸露出通風設備的筋脈，與牆壁整體漆成白色，地板卻是黑色。桌椅一看就是那種只供觀賞不供休息的超現代設計。果然，一坐下，我們的脊椎都發出可憐的唉嘆。

來到 PUB，就是看人與被看。她一面用眼角餘光與對桌的男人調情，一面裝作漫無目的地提供每一桌客人的八卦資訊給我：那個鼻子貼著紗布的馬來女子每隔兩天就會跟不同男人來這裡，一個月前，有一個西方人闖進來，大吵大鬧終至動手打架，一團混亂中分不清楚誰的一拳，就這麼直直對著她的臉揍了下去，即使如此，她還是頂著一塊紗布繼續攜帶不同男伴出現；左邊的兩個華人女子，是專門來找男伴的，聽說她們挑好人選，會留手機號碼給男人，然後隨即離開，當天晚上立刻打電話給她們就能繼續這段豔遇，若拖至隔天中午或甚至兩天後才撥電話，她們會假裝不認識你，告訴你撥錯了號碼；坐在吧台的西方女人是有夫之婦，先生經常出國，她總在孩子上床後走十五分鐘路來喝上一杯，有時候也跟陌生男人說說話，大部分時間還是一個人獨自再走路回家。

「我想起白天談到胸部的事情。我記得我高中開始，就不介意穿著低胸露肩的衣服。一來天氣真是太熱了，二來，周圍每一個女孩子都是這麼穿，沒道理覺得不可以這麼打扮。」

兩個男人坐到華人女子們的旁邊。四個人先是低聲交談，不時爆出一兩聲大笑，任意喧譁。突然，整個 PUB 顯得騷動沸騰。音樂也變得異常大聲。

「為什麼胸部都長得一模一樣？是流行某種內衣類型的關係嗎？」

她聳肩，表示不知道，「但是，肯定是跟共同的審美觀有關。應該是大家都覺得這樣的胸部好看，所以每個女孩子都想法子擁有這樣的胸部吧。」

「男人喜歡還是女人喜歡？」

「這很重要嗎？」她反問。

我還來不及回答，她的手肘突兀興奮地推著我的。兩個華人女子要離開了，被留下的男人們拿著啤酒杯下的紙杯墊，反面寫著一串數字，露出困惑眼神。

上海寶貝

我跟在她身後走。彎了兩條街，我已經失去方向感。雖然來過上海兩次，我對這座城市的街道依然不熟悉。這裡與北京不同。一樣是面積廣大的城市，北京像個氣質穩重端莊的姑娘，規矩多，卻容易掌握；上海卻活潑刁蠻，似乎不想隨隨便便讓人看穿她真正的想法。我還抓不住上海的脈絡，我告訴她。

「就跟上海女人一樣。」她說。她，雙眼明亮，有著水蛇腰和一把黑長髮。墨綠色緊身褲上搭桃紅色緊身無袖上衣，她努力要穿出一股時髦，卻不能說是太成功。

從小，她自覺是一個上海姑娘。「非常道地的一個上海姑娘。」她字字強調，此時，我們已坐進南京路上一家冰淇淋店，「在上海長大的經驗很特別。上海是東方的巴黎。我的呼吸之間，就是頹廢，就是繁華，就是墮落。」她的偶像是新生代上海女作家衛慧和棉棉。這兩個號稱 X 世代的女作家，因為小說大量描寫自己與外國男子的性愛經驗，以及其他頹靡的生活細節，而導致作品被禁。此外，她還喜歡流行歌手王菲。

「她們都特立獨行，」她解釋，自己為什麼會欣賞這些女子，「不在乎他人怎麼想，她們就是活自己的罷，什麼也不管。要隨時隨地設想，明天已經不存在，把握當下，活出熱烈的生命。」她說話，像從勵志文學上抄誦下來的句子。

「妳也跟外國男人交往嗎？」我問。

她的臉迅速紅了，卻極力維持一副天塌下來也不怕的神態，停頓兩秒鐘，她直直望向我的眼睛，「有！」十分肯定。然後，她伸手拿起桌上的菸盒，抽出一根。

「怎麼樣？」

「沒怎麼樣啊，外國男人、中國男人，還不就是男人！」她吞雲吐霧。「要的東西還不都差不多，不過就上床那檔子事兒嘛。」

「那妳要什麼？」

「我要自由！」她所謂的自由，即是不用成日為飽食三餐奔波工作，可以愛去哪兒就去哪兒，愛跟誰交往就跟誰交往，想買什麼都買得起，想做什麼就做什麼。

「那，妳想做什麼？」我問。她笑了起來，嘲弄我像名記者似地，在跟她作專訪。我用右手握起拳頭，假裝是麥克風，拿左手拍拍當麥克風的拳頭，確認麥克風正常運作之後，拿到她的面前。

她擺出大明星姿態，賣弄風情，嘴唇湊到拳頭麥克風面前，沙啞著聲音說，「我要做我自己。」

我們在黃埔外灘說再見的時候，天已經黑了。路上依舊人潮洶湧。對岸，浦東新建築在夜色裡如同一座外太空城，空降在地球表面。我走了幾步路，回頭，見她的身影混雜在一大片黝黑人影裡。很快，不見。

酒女大象

「大象」臉上沒有一點妝，長頭髮一如少女輕輕柔柔披散及腰。雖然過了四十，身材依舊玲瓏起伏，散發活躍性生活的氣味。她的膀子有力結實，個頭比一般台灣女性來得高大，也許，這就是當年她下海時為什麼會被取名叫做「大象」的原因。

我們在新竹鄉下的一家咖啡廳喝酒。過了夜間九點鐘，小鎮上唯一還開門的店家就剩下這家咖啡廳和隔壁的酒家。咖啡廳的主人是隔壁酒家老闆的兒子，在酒家上班的「大象」見我們一群人不適合上酒家，於是跟小老闆打商量，把我們領軍到咖啡廳。替我們賤價打了幾瓶酒，還慫恿小老闆拿出他自己的私房菜，我們被她招呼得服服貼貼。酥著骨頭，在小鎮的靜謐裡，聽月亮緩緩上升的聲音。

隨著夜加深，幾個酒家小姐的手機陸續響起。熟客在隔壁喊她們過去。她們客氣地站起來，跟我們其中的男性朋友胡亂調情，找個空檔，也就離開了。「大象」一個人仍堅持留在這裡。

「朋友在。不去上班。」她在電話裡告訴她的客人。

我們聽了，很尷尬，要她別客氣。該賺錢的時候，就去賺錢。她反倒大嗓門嚷著，要請我們去另一個鄰近小鎮唱卡拉ＯＫ。

一個理平頭的年輕人推門進來。

白色布鞋，西裝褲，健美先生的身材和一張紅通通的醉臉，讓我們剎那間全都閉了嘴。我往我的角落更縮了縮，同行的男性朋友沉默飲杯。

沒有人嘻笑。這才聽見，原來，店裡面一直播著輕音樂。

闖進來的年輕人吼著要喝酒。小老板繞後門去隔壁求救。被留下的我們這一群客人，出門也不是，坐在原位也不是。連喝酒的動作也暫止。咖啡廳成了蠟像館。沒有人敢動上一動。最好，他把我們都當作家具。

「大象」蹦起來的時候，全部人都驚訝地抬起臉。然，沒有人敢起身拉她回座，只眼睜睜看著她走到年輕人身邊，一把抱住年輕人的腰，開始在他的耳邊低聲說話。她的另一手甚至輕摸他的後腦勺，似在安撫一隻發情的貓兒。

年輕人醉得眼睛都睜不開，拍打他身邊的桌子，大喊：「不給我酒喝，就是瞧不起我！這個世上誰人敢瞧不起我，我就給他死！」

我們低頭瞪著桌面。腦子空白。輕音樂滑出最後尾音。停止。全盤靜默。

「大象」扯住他的肘間，執著地勸說。聽不見她的聲音。我們緊張地由眼角偷瞄她的嘴演默劇般霹哩啪啦動個不停。她的舉止神情流露出一股柔情，彷彿天荒地老，她也將如此耐心。陪伴他。她的眼睛專心看著年輕人，用一隻手半強迫把他的頭顱轉向她的方向，與他對視。

她不像是在說，給我一個面子，倒像是在說，是的，我愛你。永遠愛你。

就算是全世界拋棄你，我也不會離去。

突然，年輕人將「大象」擁在懷裡。緊緊地。他醉酒的瞳孔聚了焦，浮出笑意，然後放手，搖搖晃晃踱到門邊，推門出去。

「大象」回到座位上，重新舉起酒杯：「乾啦！」隨即，這個下海十八年的酒女，仰頭一口飲盡她杯裡的威士忌。

泡在酒精裡的革命

她醒來，不知身在何處。這樣的早晨，她已經習以為常。雖然她常常宣稱自己是北方長大的女人，喝點酒不算什麼，但就一個北方女人來說，她還是喝得太多了點。

多次，她被人發現在北京市的一間小酒吧，醉得整個人癱在地上，失去知覺。周遭音樂震天響，人影激情搖擺，手足紛沓，混亂間有人踢到她卻怎麼也踢不醒。她清醒的時候，男人見到她一百七十二公分的身材，被姣好細緻的皮膚覆蓋著，一頭柔順烏亮的長髮會在她微笑的剎那飛揚起來，空氣中立刻充滿她的香味。她喝醉的時候，渾身散發嘔吐物的臭味，表情呆滯，曾經那麼美好活躍的身體，忽然顯得臃腫笨重，如同一頭生命已經漸漸走開的動物屍體，透露著行將腐敗的跡象。

「我好苦啊！」她會在喝醉之前大喊。她苦的不是文化大革命，不是鋼鐵大躍進，不是社會主義轉換資本主義路線的質疑。她也沒有談起家族史，沒有慾望想要訴說大時代對她個人命運的無情操弄。她剛滿二十歲。我在她身上看見，頭一次，在歷史上，與國家命運或民族苦難無關的一個中國女孩。

但是，依她的說法，她精神折磨更大。去除了國家民族，拿掉了時代，她忽然發現，她簡直無所適從。轉著已經開始暈眩的眼神，她噴吐著啤酒的氣息：「妳總不能說，我是因為天安門廣場才上不了大學的，是吧？」

「我能怪誰啊？找不到對的男人，是黨的阻撓嗎？」她瘋狂地大笑，看上去卻很美，散發一股野生氣息。在震耳欲聾的一片聲響，她雙手高舉，隨節拍前晃後搖，一臉迷醉：「我要革命！我要革命！我要革他奶奶的命！」

她雷電一般的眼神，掃射四周，被掃過的中國男人個個神情膽怯，卻也又明顯流露著慾望。她是他們不理解又亟欲染指的一種女人。

我和她約好了隔天中午碰面。她沒有出現。我的錯。不該在一個人醉酒的時候跟她作任何約定。

過了很久的日子，聽到第三者提起她的名字。居然吃上了謀殺官司。一個台商包養了她。夜夜，她仍在酒吧流連，認識了另一個大陸青年。吃醋的台商威脅要抽掉她的銀根，將她從他們的愛窩掃地出門。她聯合了她的情人，在一個下雪的冬夜，動手解決了台商的嫉妒。屍體拋在一間她常去的酒吧的後巷。處理完棄屍的當晚，她從巷子出來，逕入酒吧，又喝至天亮。跟其他普通夜晚沒什麼兩樣。

故事細節被朋友說得活色生香。他，小小個子站在大街上，激動得手腳顫動：「我說，她那個女人早廢了！成天渾渾噩噩，起床都不在同一個地方，走路跟個鬼魂似的。酒精毒害了她的腦子，可憐哪！」他接連罵了一串髒字。

我沉默。同行的另一個人開他玩笑：「你情緒也過激了點吧？說，你是不是也睡了她？」

彷彿受到侮辱，他的整身神經備戰了起來，立即義正辭嚴地討論起中國經濟開放後人心浮動的社會險象。他稱她屬於「飽暖思淫慾」的中國新生代。自始至終，四十歲的他都沒有回覆友人的那句問話。

女總裁

她在學校表現一直不太好，成天好玩惹麻煩。父母十分擔心，送她去英國貴族學校，心驚膽戰盯著她順利進了一所大學；兩年後，她輟學不讀，回到新加坡。她只喜歡音樂。音樂錄影帶她過目不忘，談起流行歌手的興衰背景，頭頭是道。可是，這類知識在現實世界幾乎等於無用。

直到網路時代來臨。

原先，她只是夢想拿她的音樂知識找份ＶＪ或ＤＪ的工作，於是在一家音樂電視台一搭沒一搭地打工，等待一連串的「突然」。或許某個VJ「突然」生病，而電視台又「突然」發覺她其實很有才華，「突然」她就能在電視上露臉，「突然」有了自己的音樂節目，「突然」全亞洲青少年都崇拜她的音樂才華，「突然」一個名製作人就看上了她，為她出一張百萬金唱片。但是，真正的「突然」是，在英國結識的電腦系男友半年前來新加坡找她。他們敘舊，東拉西扯，談到亞洲的網路熱。男友靈機一動：他的電腦加她的音樂，等於一個音樂網站。

雖然愛情終了，他們的事業關係才剛開始。他們兩人找了另外三個朋友，兩個月前，共同創立了這個音樂網站，專門介紹流行音樂。她將名片遞給我，上面印的職銜是總裁。

「我爸媽老是說我長大一定沒出息，現在他們可得對我刮目相看。」她興奮地說，「比爾蓋茲、楊致遠，哪一個唸完大學？大家都太迷信文憑了。」她認為網路打破了教育系統建構出來的菁英階級，提供了一條嶄新途徑指向成功。

我問她，他們的網站跟別人有什麼不同。她大叫，「太多不同了！妳一定要上去看看！」舉個例子。不，無法舉例，因為「太多太多例子」。

「前兩天，我在一個聚會遇到微軟公司的人，我覺得，我們有機會能說服他們將我們買下。因為我們是一個很有潛力的網站。」所以，他們希望被併購，我下個結論，她否認：「不，我們希望去美國上市。」我投以狐疑目光，覺得她並不太知道她自己在說什麼。而她卻是個總裁。

「公司開始賺錢了嗎？」

「賺錢不是目的。」她回答，「音樂是我的生命。每天吃音樂，我就能過活。」關於其他人的薪資，女總裁說：「我們都是為了一份理想在工作。我們是網路新世代，渴望打破成規，最怕庸俗無聊的生活。冒險，也是一種投資。我不需要也不想知道我的未來。」

我回到電腦螢幕前，上了他們的網站。是一個鐵定存活不久的網站。資訊貧乏無序，網頁毫無設計可言，一分鐘內就能結束瀏覽。且，沒有任何廣告，也就是說，沒有收入。

關上電腦，她正好打電話來：「我忘了告訴你，網路最大好處，就是全世界都能看見你。我們雖只是一家小小的網路公司，卻經營著一份全球性的事業，跟可口可樂、麥當勞或SONY一樣，真是刺激，不是嗎？」她咯咯地笑了。

抉擇

她怎麼也忙不完。

睜開眼，就匆匆進了辦公室，一路耗到夜間十點，她可能還在某間餐廳與客戶晤面，或深陷在似乎永遠不會結束的會議；半夜，她呵欠連連，依舊掛越洋電話，加入海洋彼端另一塊大陸正在進行的商務會談。周末，她拖著疲憊身子，替一個星期的案子收尾，以及為下一個星期的全新案子作足準備。他們說，香港的工作就是這麼繁重，額外加班是常見的事情，無須大驚小怪。

孩子的事情，她已經不去想。丈夫的狀況，她也不再問。她只是焦慮著要把手頭上的工作及時做好。起初，她還會因為沒有時間與家人相處而難受。孩子的作息，她無法配合，只得丟給菲律賓女傭料理孩子的起居。作為一位母親，她的要求不是很高，希望他們三餐正常，按時上床睡覺，上課不要遲到。而先生與她兩人幾乎進入一種競爭關係，比賽誰最早出晚歸。她感到罪惡不安，以為自己是個自私的女人，掙扎著是否該換份工作。但她的事業表現如此出色，竟在短短兩年連跳三級，眼見著即將坐上公司最高執行長的位置。

她的野心很快讓她拋棄了愧疚。她沒有時間愧疚。她沉迷在工作所帶來的無比樂趣與雄大成就感。她感覺，體內時時充滿了一種巨大能量，只要她稍稍踮起腳尖，彎曲膝頭，做出準備跳躍的姿勢，並且有奮不顧身的決心，終將，她能一舉蹬上天空，成為深邃夜空裡那顆最亮最美的星星。

偶爾，她在外頭碰見也在應酬吃飯的先生，兩個人客氣地打招呼，有如久違謀面的朋友。在家中見到孩子，她必定堆滿笑容，彷如撫摸寵物般以整個手掌親暱地摩著他們的頭頂，問他們零用錢是否充裕，不時從皮包裡拿出祕書幫她準備的演唱會入場券或電影票，像賞骨頭一樣丟給她的孩子們。

不要問她這麼做到底對不對。因為，她已經盡量不碰觸這方面的思考。她找不到答案。她或許意識到自己的油滑，使用商場上的公關手段去應付自己的家人，難免失於無情，流於不道德的爭議，但，她以為這已經是最妥當的方式。

「我有時候忙起來，便一個兩月跟他們見不上面，」她攤開手掌，表示無可奈何，「我能要求他們什麼？他們也不能從我身上得到什麼。可是，我們到底還是一家人。只能盡可能大家互相遷就一點。」

然後，她整理桌上散亂的資料，穿上外套，拿起手機，離開辦公室，跟我到過街的一家餐廳吃飯。一對父母帶著三個孩子坐在我們隔壁桌，一家五口擠在四人座的位置，七嘴八舌、吵吵鬧鬧地進食。較大的兩個孩子拌了口，很快你一掌、我一腳就在桌角邊扭打起來。父母連忙喝止，同時緊抓著想要將整個餐廳當大操場來活動筋骨的第三個孩子。他們看上去非常狼狽。

她朝那一家子望一眼，皺了一個幾乎看不見的眉頭，隨即點了一杯熱咖啡，在燃菸之前，對我說：「我幾乎忘了，孩子可以這麼吵人的。」

我很好

排列整齊的東京郊區房子，精巧到幾乎略帶稚氣的地步，彷彿孩子拿來玩家家酒的娃娃屋，惹人生出一股憐愛之心，在街巷裡走動都不免輕手輕腳，提防自己一時大手大腳，粗心踢壞了這一排孩子精心安排的屋子。

她家就在巷頭第一戶。院子裡的竹子葉片發黃，似乎有點營養不良，陽光毫不留情穿透竹葉，在面向院子的窗戶映下一片黃燦燦的薄光。窗台一列生氣蓬勃的非洲朱槿花，紫紅粉桃地相互爭豔，理應與東方情調的竹子格格不入，經過女主人精心排置後，不但融合得很好，甚至讓人覺得這樣擺設竹子和非洲朱槿花本來就是天經地義的事情。

在這個她自己親手布置的精緻天地裡，她過著安穩準確的日子，早晨起床，接送孩子上學，清掃家裡，買菜燒飯，抽空跟鄰近的家庭主婦聯誼喝茶，交換家居心得，為晚歸的丈夫準備洗澡水和宵夜。一件件事都照時間表去做，一點點空暇也沒浪費，一些些錯誤都不曾發生。旁人眼裡，她的生活雖然忙碌，卻紮實完滿，如同一顆星球沿著完美軌道穩定滑行，自足而平靜。

然，她患有嚴重的精神衰弱。過往汽車稍微一聲過響的喇叭，就能讓她立即崩潰。缺了半粒安眠藥，夜裡定無法成眠。冬天清晨的冷空氣、夏天傍晚熱騰騰的霧氣或春天混合花香的氣味等，讓一般人非常享受甚至因此感到幸福的空氣變化，只會令她感到呼吸道發疼，喘不過氣來。醫師診斷，她沒有氣喘，身體健康得很。

她經年累月擔憂著許多細瑣雜事，她面露疲倦，柔聲細語地告訴我，這些可能是她受苦於莫名病痛的真正原因。該讓孩子上什麼學校又怎麼才擠進去有限的名額，不能忘記在丈夫上司的妻子生日送禮所以確保丈夫的升遷管道順暢，不露手法地拉攏社區社團的特定成員才能讓他們辦到自己想讓他們辦到的事，刻意忽略卻要裝作糊塗神氣以躲避某些人的要求，樣樣都要做到隱晦曖昧卻又不說自明的狀態。腦子裡常常轉著這麼些零零碎碎的念頭，事事必須詳加計劃考算，同時得竭力維持一個寧靜無憂的表面態度，令得她對人生生出兩種不同反應，有時她得意自己的處世圓滑，交際手腕高級，滿意安置妥當的光潔生活；有時痛恨自己的虛偽無情，心生恐懼，不曉得這種日子還要過多久。

而，她的求生本能已經被啟動。一隻狐狸不見得生來就狡猾機靈，當牠無法根據自身意志選擇地被生入一個環境，為了存活，牠只能調整自己到適合生存於該環境的最佳狀態。日子久了，狐狸與環境生出一種倚賴的情感。在這個熟悉環境裡，牠覺得安全，覺得自在；而牠當初也許不情願學會的生存技能，雖不見得適用於其他動物社會，卻已經足夠讓牠在這個習慣了的環境裡活得舒適快活。

「我時時嗅到，瀰漫在空氣中一種看不見的競爭壓力。妳摸不到，觸不著，卻如同氣壓一樣無所不在的一股暴力，隨時可能像一大塊無形鐵塊，來勢洶洶地從頭壓下來，把妳像一顆柔弱的草莓活生生地壓碎。毫無商量餘地。」她直起頸子，吸一口氣，憋住，像一個準備上戰場的士兵般挺腰抬顎，抖擻精神，睫毛長長的美麗眼睛一面巡視她那氣派奢華的客廳，一面射出優越的光芒，「但，我不能不同意，競爭是提升人生的正面力量。人，生來就有等級差異，總不可能都活得一模一樣，如此一來，就對努力善良的人太不公平了，妳說是不？」她句子尾音拉得很長，嘴角下垂，目光冷漠，令她看起來比實際年齡老得多。

老・闆・娘・

工作不是她的本意。她原本只想待在家裡，操持家務，生幾個孩子，安安靜靜做個妻子。三年前，她的先生創立一份網上報紙，進而擴大成一個入門網站，公司擴張過速，人手不夠，她於是開始兼職幫忙。現在，她是公司最高的人事主管。

丈夫對她的工作能力讚不絕口，「無論跟什麼人對話，她能夠調整自己，從對方的角度看待事情，將心比心。她的同理心並不虛假，對方能夠感受她的誠意，因此很願意與她溝通。她是人事管理的一流人才。」

相對地，他覺得自己雖是公司總裁，卻有著靈活的思考邏輯，適合做事，不適合與人相處。而且，「由於擠壓在家事和公事之間，她必須懂得如何善用她的時間，這使得她成為全公司最有效率的員工。」他非常驕傲地說。

當日中午，我在他們家客廳裡見到這位印度妻子。她還非常年輕，不過二十七歲，相貌秀麗，說話柔細，走路輕慢，吃起東西卻咂咂作響，笑的時候也不掩口。一個非常自在的女人。

她穿著橘黃色紗麗，端給我一杯香濃奶茶。風味過度甜膩，我喝了兩口，就擱在旁邊，不能再喝。她極力要讓我舒服，去廚房拿了一瓶普世飲料的可口可樂。想想，又回頭放三片餅乾在小碟子上，給我。我們赤足盤腿，一起坐在窗台上，看著一里外亮爍無比的阿拉伯海。那是一個星期日午後，清風由遼闊的海洋一路吹到這個孟買市的中產階級社區，遠處傳來孩童清脆的嬉戲聲，一棵椰子樹就站在五樓高的公寓窗外，彷彿沉醉在微風韻律中，輕輕搖頭擺手。此時的印度一點也不神祕，是一處親切的家常居地。

她隨手將長髮紮成長辮子，用一個髮夾盤上頭頂，老實對我說，自己其實不喜歡工作，但是，為了丈夫，她願意作任何事情。她也不特別覺得自己多能與人相處，但，她以為作一個女人，學習處理人際關係是一生必作的功課，「試想，我們在一個熟悉的環境長大，因為一樁婚姻，一夜之間，像一棵樹被連根拔起，移植到另一個家庭裡，從此，天天要跟幾乎算是陌生人卻稱作家人的一群人同吃共睡，」她笑靨明豔，摸摸自己玫瑰紅的腳指甲，略顯稚氣，「妳怎能不學會察言觀色？怎麼能不去思量容忍和尊重的差別？即使只是到一個城市觀光旅行，也會試圖了解當地的風土人情和地理氣候。更何況要在一個地方待下來。要生存，就得調適。」

隔日傍晚，我去他們公司。她不在。她的丈夫告知，她先回去燒飯了。他持著印度人特有的溫文態度，解釋，「雖然是我母親做飯，但是她要在旁協助。我是從我太太身上得知，新一代的亞洲女性其實活得非常辛苦。她們夾在新舊不同的兩代價值之間，企圖讓所有人滿意，結果是自己疲累不堪。但是，我發覺，也因此，女人比男人成長更快。」他說得十分認真，並沒有一絲嘲諷意味。

出鄉

這座室內攤販集散地位居加爾各答的市中心，人進去，就如一隻白老鼠入了實驗室的迷宮，鑽來穿去，只是搞得自己筋疲力盡；關於出路，仍是摸不著頭緒。那些攤位與攤位之間的通道狹窄，昏暗，充滿氣味，卻同時流竄著一抹熱鬧的光彩。討價聲此起彼落，人影重重疊疊，整個市場騷動著，彷彿一場看不見的革命正窸窸窣窣進行著。

她靜靜站在一櫃子西藏首飾之後。她的臉面像一尊佛，充滿尊嚴，和善卻難以形容地不可親近。她表情平整地告訴我，她是被母親抱在懷裡，越過漫天大雪的喜馬拉雅山，來到印度的。因為唯有嚴寒時節，中共的邊防人員才會鬆懈戒備，當時，剛生產完的年輕母親只能強打起虛弱身子，跟著丈夫在茫茫雪地徒步走了十天路程。

她在印度長大，可是她的印度話說得不好，英語普通，她的母語仍是藏語。接著，她用英語對我有興趣的一條銀鍊子，開了一個不可思議的價錢。我咋舌，不覺手頭一縮，把鍊子放了回去。我隨意瀏玩。那些巧奪天工的精細藝品，曾經是莊嚴的宗教法器，如今被當成婦女首飾來販賣。

「你們中國人怎麼看西藏？」冷不妨，她問了我一個問題。我停下，思索一秒，隨即解釋我不是她想像中的「中國人」。我不是在大陸長大的「中國人」。我不能替他們回答他們的想法。

她居然露齒微笑。她清秀端正的臉龐，飛上兩朵紅暈。她看起來更漂亮了。她說，她一直想要見見「那邊」來的人，知道他們到底怎麼想，為什麼要如此對待西藏和藏人。

「妳已經是在印度長大的人了，妳的流亡感為什麼還這麼強？」我問。

「我不曉得。我認為，可能就在血液裡吧。印度社會很好，很樂意接納移民。但是，我和我的家人都強烈希望有一天，我們還是能夠回去。」她惋惜地說，「我到現在都還沒有踏上過西藏一步。」

她隨手俐落撿起剛剛我放下的那條鍊子，說了一個只值方才價錢三分之一的數目，一臉抱歉地：「我以為妳是中國的中國人。」

我道謝，付了錢，往我以為的市場出口走去。兜了五分鐘後，我又滿頭大汗地回到她的攤位。這次，她一見我，立刻親切地微笑，說了一句饒有興味的話：「世間的事情總是這麼奇妙，你的終點往往是你當初的起點。」

流亡女詩人

她的先生一頭花白，心臟病和七十歲的年紀讓他一進門就氣喘吁吁。她跟在身後，年輕力壯，腳步快速穩定，一把留至腰際的烏黑長髮，在她進到主人家裡的客廳時飄了起來。宴會上每個人都竊竊私語，這個三十剛出頭的中國女人為了一本外國護照和安定富裕的西方生活，嫁給了一個年齡懸殊的外國丈夫。

她似乎對那些流言毫不敏感，很快地，拋下她年老的丈夫獨坐在一張有把手的絨布暗色椅子上，加入談話，進出於一個個聊天圈子，用活潑的語調盡可能丟出機伶的論點，以光亮的眼神跟所有人交流，帶著漂亮笑容說出聰明的幽默話。當她在我身旁的沙發坐下時，一襲剪裁得宜的寶藍色改良式旗袍，簡潔有力地畫出美好的身體線條。她告訴我，當年她在北京是名活躍的女詩人，八九民運之後，她只得逃出來。旁邊有個外國人朝我扮了鬼臉，他意思是，「是喔，八九年後，哪一個移居國外的中國知識分子跟民運光環無關？」

整個晚上，她就這麼不斷談著，關於中國政府的專制，中國社會的腐敗，以及中國女人幾千年來遭受的封建迫害，引起許許多多的搖頭嘆息。突然，在座的另一個中國女人挑釁地問：「您既然這麼關注中國前途，幹嘛不回祖國去跟同胞一塊兒奮鬥？」她停下她正在談論的中國人民自救題目。問話的女人一臉顯而易見的嫉憤，或許為了她在聚會上獨攬風采的事實已經不開心了很久，終於找了個機會開砲。

見她一時答不上話，提問的中國女人得意地眼巡全場，因為這會兒注意力全轉了向，仍不放過地續問：「您這不是詛咒別人去死嗎？在波士頓高談闊論，喝著昂貴紅酒，待會兒還開車回您那富麗堂皇的郊區房子，安安穩穩睡上您乾燥潔淨的床鋪。您自個兒過著小資產階級的舒適日子，您讓誰去革命啊您？」

在主人想要出面打圓場之前，她一臉又憂愁又快樂的表情，小鳥般輕快飛到了正因夜深疲倦而逐漸眼眶溼潤發紅的老人身邊，提高了聲量，喊起丈夫的名字：「全是為了他！他在我身上所引發的愛情，教我不得不拋了我所熱愛的土地以及上面所居住的人民，遠離我所關心的中國！可是，我愛他，我情不自禁啊！」她在老人的額頭輕輕卻深重地一吻。

戲劇化的場景告一段落後，在場人士掩不住意興闌珊的情緒，紛紛起身告辭。走出屋子，月光在寒冷的夏夜顯得清冷寂寞，她朝上望天，彷彿想對方才的一幕多加解釋，向我說：「這也是中國的月啊！」

她扶老人坐上車，自己繞到駕駛座，朝盡頭有月亮的那一段路駛去。

單親媽媽

她不是藝術家。她只是喜愛陶藝。在鎮上開一家陶藝小鋪，販賣陶瓷器皿，偶爾，擺一些自己的作品。我在濟州島南邊一處沙灘碰見她，她正帶著五歲大的孩子散步。每天收了生意，她都會帶他來這裡走走，吹吹海風。

「在愛情這件事情上，我一直沒什麼好運道。」她秀氣撥開被海風吹散的瀏海，露出小而巧的鵝蛋臉，談起為什麼一個首爾土生土長的女人會帶著孩子住在濟州島。「每次交往的對象，到最後，總是顯露可怕本質，讓我不得不承認自己看走眼。」

身後陡峭的巖崖爬滿翠綠植物，非常仔細看，會見到一條不明顯的深色木造階梯，幾乎與巖壁同色，以最短距離攀延而下。當我從上頭步行下來時，低頭見到腳下即是黃色沙灘，幾乎伸手即觸，然而，沙灘與我之間實際上卻隔了二百公尺之高。抬頭，平行視野裡，染上夕陽光彩的碧綠海洋從小巧的青翠海灣毫無顧忌地擴放到另一端的地平線，氣勢宏大，同時漫出一股精緻的靜謐。海風與山風和諧交融，清澈心肺。

現在，太陽落下，美景不再，我只發愁如何將缺乏運動細胞的自己搬回巖頂。她帶我走另一條小徑，避開階梯的垂直挑戰。

「我跟男人的關係即是如此，」針對我的狼狽處境，她似乎有感而發，「當愛情來臨，我就好像見到一片誘人景色，不顧一切，不論途徑多麼辛苦險峻，也要投身其中；待愛情消失，我被獨自留在一片寒冷的黑暗裡，想要重新回到當初的原點，必須忍受許多痛苦、恐懼，在眼前沒有一絲光線的情況下，摸索前進。」

她承認，搬到濟州島，有點逃避人生的味道。但是，在多次愛情的失望之後，她不免對人性生出懷疑，「那些男人撒謊，欺騙，懶惰，暴戾，乖張，不負責任，這已經無關乎他們愛不愛我，根本是人與人之間能否互信互重的問題。我不能理解，他們怎麼能糟蹋我到那般田地。我，到底，是一個人。」黑暗中，我看不清楚她的臉孔細節，耳朵聽得她的語調正常，繼續敘述搬到濟州島後獲得的心靈平靜。

不覺中，我們已回到巖崖上端。眼前，暗黝黝的林子大部分均沉默忠實地吸收了月光，中間一大塊卻不聽話地將月光反射回去。那是海洋。在黑夜中，如同寶石般耀眼閃光。我們駐足。

一直跑在跟前的孩子，此時回頭找她，主動牽起她的手，偎在她身旁。她蹲下去，與他貼著臉頰，用韓文對孩子說話，孩子乖巧點頭，表示同意。我猜，她說，「好美，不是嗎？」

我女朋友的男朋友

她坐在我面前，眼睛發光，激動難掩，一手輕輕托著額頭，一手拿叉子擺弄著碟子裡的黃色乾酪蛋糕，顯然一遍又一遍想著同一件事情。咖啡廳裡人聲鼎沸，服務生一直在我們附近走來走去，每一次經過，都會撞上她拿叉的手肘，令她猛然碾碎一角原本就柔軟的蛋糕。不過，不必服務生的幫助，這塊蛋糕也難逃粉身碎骨的命運。它的主人正憤恨難受地控訴另一個女人，完全無視於它的苦難。因為相形之下，她的苦難更為巨大。

她的好朋友剛搶了她的男朋友。

「這年頭沒有人談道德了嗎？」一陣沉默後，她咬著牙，雙唇不開地迸出話。她和相交頗久的男友之間關係轉淡，既不反目成仇，又不和諧相愛，拖拉一陣，終於協議分手。不過一個星期時間，傳出好朋友跟男友相戀的消息。早就不愛男友的她才因分手而鬆了口氣，此刻，卻忽然發現自己其實仍然強烈愛著男友。如今，在她已經堆積夠高的痛苦之上，又新塌一層被好友背叛的羞辱與失落感，令得她心頭上那日日夜夜燃燒的複雜情感，像一頭被牢籠禁錮的猛獸，哀痛恐懼卻又無路可走。

因與男友分手在先，技術上來說，她的好朋友不算橫刀奪愛，她也就沒有了立場去興師問罪，讓她陷入更可怕的處境。她沒有辦法禁止自己去懷疑是不是他們兩人早就在一起，設計了一個陰謀讓她主動提分手。她覺得自己像一個愛情謀殺案的受害者，卻沒有一處愛情法庭可以供她上訴，伸張正義。

「難道女人之間真的沒有義氣嗎？」她問。

前兩天，夜裡，沉浸在甜蜜熱戀中的好朋友主動撥電話給她。要求繼續先前的友誼。好友的理由是，女人該支持女人，男人不該是影響情誼的因素。

「她要我講義氣。為什麼她不顧及我的感受呢？」她嫉恨又絕望地說。乾酪蛋糕至此已徹底毀滅，成了一灘軟軟噁心的爛泥。

「妳不是不愛他了嗎？」我記得，從前她總是抱怨男友的種種性格缺失，渴望能擺脫多年情感的束縛，而不必感到罪惡。

她沒有回答。仍舊執著於爛成一地的黃色蛋糕泥，不停攪弄。周圍，午休時間出來吃飯的台北上班族，逐一離座付帳散去。咖啡廳漸漸顯得空曠。過一會兒，她抬起頭，眼眶泛水，鼻尖變紅，幾乎就要哭出來的神態，哽咽道，「可是，我不該被人瞧不起的啊。想到他們暗地裡嘲笑我，得意他們的幸福，我就不能不感覺自己是多麼地不幸。我真是全世界最不幸的人啊。」

她的淚水不顧一切滑落，甚至哭出聲音。端著三杯熱咖啡的服務生小心翼翼地繞道，頭一次不撞及她的手肘，走過去。

外遇

她的外遇對象是一個小她五歲的男孩子。由於還年輕，對方追求幸福的慾望仍極度強烈，一周兩次的偷情並不能使他滿足，因而時時敦促她離婚。

她與結縭四年的丈夫感情並不能稱作不好。兩人在北京相識，當時已取得澳洲國籍的丈夫，立刻為她辦了身分，帶她到香港定居。平時彼此各忙各的工作，周末一起上上館子或安排小型旅行，過年過節便偕伴回鄉。四年來，從沒有激烈的吵架，頂多只是生活上的瑣碎嘮叨。走在路上，依舊會相互找尋對方的手。無論如何，都是一對平靜安詳的夫婦。

外遇的開始，不是寂寞，也不是不滿，只是一個覺得對方是迷人小伙子的這樣單純好感，事情就發生了。對方愛得熾熱，愛得痛苦，表態一生就等待她這麼一個女子來相愛。他那真誠的受苦表情，曾經也激出她這方面回應以十分火燙的情感。但是，到了認真考慮該與丈夫離異、所以能和情人廝守的關鍵處，她卻打住了。

「我無意分手。」她站在噴水池子前說，「和丈夫，和情人，都不想分。」星期天早上，我和她相約散步。香港動植物園飄漫著輕薄白霧，樹木頂梢閃亮著模模糊糊的白色鳥影，造型類似科幻機器人的匯豐銀行少了平時嚇人的詭異，增添了一股可愛的笨拙。四周瀰盪著迷濛的幸福感。起霧的早晨通常暗示著晴朗的一天。

「我的男朋友以為我捨不下先生。其實他錯了。」她看著一隻鳥拍翅起飛，一群鳥兒隨即跟著也從樹木隱處現身，翔入天空，「我沒有捨不得誰，或捨不得哪個生活形態。我只是提不起勁來做個決定。當我個別見到這兩個男人時，都很高興。我的高興毫無偽裝成分。我是真心地喜愛和他們相處。但，我對追求愛情感到懶散。」

頓一下，她說：「不管，和情人分手或跟丈夫離婚，都好像是在證明一種愛的存在。下決定這個動作，就是要求拿出毅力、勇氣，當作真愛的證據。那種不顧一切、就算玉石俱焚也要得到愛情的執著，教我疲倦。」

不知是否受了她自己話語的影響，她的臉龐的確看上去疲憊不堪，好似前個夜裡睡眠不足的模樣。我們在公園木椅坐下來。陽光逐漸蒸發了霧氣，周遭景物如退潮後的沙灘露出鮮明的本色，兩隻白色粉蝶撲翅經過，在她的眼簾映下陰影。她懷疑，她是不是老了。

有一陣子，我們兩個人都沒說話。

拜·金·女·郎·

她把性、愛情跟婚姻分得很清楚。

「我可以因為第一眼喜歡一個男人，立刻，當天跟他回家過夜，隔天起床分手，從此不再聯絡；也會因為動了真情而在戀情終了時跪在對方面前，苦苦哀求他不要離去，」她柔情潺潺，略帶堅毅，接著扳直腰桿，故作正經，「但是，如果他沒有錢，我是一定不會跟他結婚的。」說完，她笑得搖搖欲墜。

戀愛一直在談，性生活時斷時續，關於婚姻的態度，她始終不曾更動。擇偶條件很簡單，對方一定得是個所謂的「金主」。有錢的男人。

她並不是一個現實的女人。生活中，朋友有了困難，她從不吝嗇伸出援手；辦公室有紛爭，她仗義執言，不畏高層，發言爭取權利。出社會幾年，她有些積蓄，添置了一輛百萬跑車，平時衣著光鮮，雖不算超級闊綽也稱得上手頭寬裕。也就是說，她並不需要錢。但是，她還是堅持，未來的另一半必須是具優良賺錢能力的一個男人。

認識一陣子後，無意中聊起，原來她現在的爸爸是繼父。母親在十多年前帶著她改嫁。「媽媽和我的親生父親是私奔結婚的。外公家在鄉下是個小有勢力的地主，所以媽媽拋棄了很優渥的生活條件，跟爸爸到台北討生活。日子開始很甜蜜，雖然貧窮，但是兩人非常相愛。後來，孩子——也就是我——出生後，小夫妻的生活就更艱困。爸爸於是想創業，看能不能快點賺錢，媽媽回娘家跟外公低頭借錢。可是，生意理所當然失敗了，因為爸爸根本不是塊做生意的料子。」典型的故事，她於是也說得表情無所謂。

失敗了的父親成天自憐自艾，認定年輕妻子一定瞧不起他這個失敗的男人。而做妻子的成天焦慮著平衡生活雜費開支，同時承受娘家的冷言冷語。她要求垂頭喪氣的男人振作，男人則堅持聽出她聲調中有嘲弄羞辱的暗示。衝突，爭吵，心酸，眼淚，怒氣，屈辱，這樁婚姻最後終於結束的時候，卻在八歲的孩子心靈繼續留下烙痕。

「我親眼目睹了金錢能夠對婚姻起怎麼樣的大作用。他們說，女人是水做的，一點也不正確。女人其實是土做的。女人在婚姻中扮演的角色，總無可奈何是負責生活的部分。男人則是風，總是在半空飛行不落地。而，風跟土的結合，就是一場鋪天蓋地而來的大風暴。起初地轉天旋，飛掠湖海，很是刺激，後來，伸手不見五指，張口吃一嘴灰，被狠狠丟回地面。摔得一身是傷，鼻青臉腫，妳還是追不到風的去向！」

三十六歲的她眨眨眼，嘟起粉彩嘴唇，「只有錢腳踏實地，是女人最堅貞的朋友。」

藝妓

第一次遇見藝妓，在京都清水寺前。

她的身子淹沒在素雅中見精妙手工的一襲龐大淡桃色和服，她的秀美臉孔藏在白色濃妝之後，凝固成一張能劇面具。整個人猶如一尊製作精良的娃娃蠟像，精緻卻缺乏生氣，美麗但不得碰觸；唯一突破重重封鎖的是那一抹似見也不可見的柔柔笑意，然，已經如同月光足以照亮周遭的一切。且，完全驚動了附近包括我的所有觀光客。她每跨出一步，就像漣漪的中心發出一波波浪潮，淹沒每一雙眼睛；頓時，行人個個都成了跟蹤者，戀戀不捨尾隨著她從寺廟門口沿著古老的大街往下走。原本跟她反方向的人，也都紛紛轉頭與她同一方向行進。大膽一點的，便趨前要求合照。

陪伴在她身邊的一位中年婦人，雖然也穿著整齊和服，顯然就不怎麼驚豔，只留下和服跟鏡頭一樣會令人看起來發胖十公斤的印象。中年婦人擋阻了觀光客的騷擾，給了一個地址，說她每天晚上都在那裡表演，如果想看她，或跟她拍照留念，請八點過後，大駕光臨。

四周鬧烘烘，年輕藝妓毫不受侵擾，保持一貫的雅致氣質，彷彿腳不著地輕盈往前行，在中年婦人的護駕下，迅速離開有如一大群魚蝦在淺灘蹦跳的觀光客。

多年後，我有個機會和一名藝妓真正談到話。不曉得是因為她話本來就少，或她就是被訓練成如此，她並不是很健談。但，她一開口唱歌，我馬上領悟，她的確不用說話。她有太多其他迷人特質，可以讓人在她身邊流連忘返。從十三歲開始，身為一名藝妓，她必須學習音樂、繪畫、茶道、書法、舞蹈、走路、坐姿、進食，連拿起雨傘的角度與力道，她也曾下過苦功夫。

藝妓太美了。幾乎不像活在凡間的一個人。

不知道是否就是這個理由，所有藝妓都看上去帶著濃濃的憂傷。她們似乎沒有作為一個人該有的情緒起伏。她們太平靜，太端莊，太與世隔絕。

「她們理應與世隔絕的，」一個日本朋友告訴我，「她們也是以一種與世隔絕的方式被撫養起來的。藝妓是一個完美的女人。完美這件事本來就不存在這個世上。」

我於是問那名年僅十九歲的藝妓，是否偶爾她也會羨慕外面世界以正常方式長大的女孩子，能夠隨意上街，穿厚底鞋，染金髮，在銀灰色手機上閱讀電子郵件。她搖搖頭。

「我有時候也會覺得辛苦，沒有什麼同年齡的玩伴，的確是非常寂寞。更不用提那些磨人的訓練。」她面無表情變化，好像一個頭腦冷靜的女偵探不帶感情地剖析一件無關緊要的案子，然後說出下面這段富哲理的話，「活在現代卻要當一個古代人，本來就不是件容易的事。但是，未來更教我害怕。不過，人只要活著，都得學會處理自己的命運。我已準備好以一個藝妓的身分來面對。」

偽‧善‧的‧魅‧力‧

「我也不想這麼做。」這是她最常說的一句話。

如果你要問她為什麼約會遲到一個小時，工作沒做完卻要提早離開，讓其他同事加班收尾，去哪裡都要朋友開車接送，自己提議看戲卻一定要別人幫忙買票，什麼計畫她都要插一腳但不願意當那個執行者；換言之，她要所有好處，卻不要經歷辛苦或骯髒的過程。她會皺起她漂亮的雙眉，從晶瑩眸子閃出點點光芒，讓你以為見到了天上的星星，為難又可憐地嘆口氣：「唉，我也不想這麼做啊。」

她總是有她的難處。儘管那個難處始終像個佛曰不可言的神祕經驗，只能透過個人慧根意會，不能用凡人智力分解。

辦公室裡每一個人對她或多或少都有不滿。在茶水間喝咖啡話八卦，話題總是離不開她。女同事用一種幽怨嫉恨的口吻，彼此傳述她的軼事，然後一起用惡毒刻薄的詞彙評論她的行徑。男同事雖然口氣上比較節制，也不免略帶嘲諷挖苦她幾句。這些都發生在她見不到的地方。

她出現的時候，只要她一副很抱歉委婉的表情，溫柔說著：「我也不想這麼做。但，無論如何，請你幫幫忙。」他們每一個人還是接下她經手轉過來的公事，小至去碎紙機處理舊公文、到總務處申請迴紋針；大到替她去見一個她不喜歡也不在乎的客戶，或甚至加班幫她草擬計畫書，所以隔天她可以去總經理面前提案。

他們一面替她做事，一面咒罵。問起原因，男同事聳聳肩說因為她漂亮，女同事咬牙切齒說因為她厚臉皮。

一年夏天她去美國休假，照例丟了一堆工作給其他人接手。一個星期後，她撥了越洋電話回來，說沒法照原訂計畫收假。「我也不想這麼做，但是，我要結婚了。」一樁喜事，她用可惜又無奈的語氣說著。

一個月後，她終於回來了，手上多了一只鑽戒。即將移民美國。她寫了辭職信，送進總經理辦公室，據說她流了兩滴清淚：「我真不想這麼做，您知道。如果可能，我希望能永遠為總經理和這間公司服務。」離開辦公室時，總經理親自送她到電梯口，還有一大群平時在她背後說長道短的女同事。

我踏入這個辦公室去找朋友時，已經是一年之後。辦公室還在談著她當年不可思議的種種行為。以及她如何閃電結婚的傳說。「她就這麼拍拍屁股走人了！留下一大堆計畫，不是剛起個頭、就是進行不到三分之一！」一位必須接收她部分工作的女同事憤慨不平地說。

「其實她應該算是滿有魅力的一個女人吧！不然，為什麼你們都不能對她說不呢？」我這番話立刻引起譁然抗議。

「她的唯一幸運，是因為她活在一個偽善的社會裡。」一位年輕男同事冷冷地說，「是我們自己隱藏了真實的情感。沒有人能夠勇敢對她說出我們對她的真正觀感。而我們越在她背後批評她，出自心虛，見了她就更要表示友好。」

「她當真都不知道你們對她的想法？即便一點點？」

「這是最恐怖的地方，我認為她知道。但是就像他說的，她太清楚我們的偽善，因此毫不留情利用了這個情勢。」另一個女人說。

然後，他們倒抽了一口氣。不約而同。

中國的新臉孔

她驕傲地展現她的雙眼皮和挺鼻子，讓我瞧瞧，上帝不曾給她的，她自己在二十二歲那一年努力得到了。

來自福建省的她，一年半前，想盡辦法來到深圳市。原來目的地是香港，但不幸，還找不到法子過去。自從回歸後，大陸人要到香港比以前更難。

「香港對全世界開放，唯獨不對祖國開放。」雖是開玩笑的語氣，她卻不無埋怨地說。

深圳市的人口平均年齡不超過二十八歲。只比城市本身超齡七歲。隨口問問，沒有誰真正在當地出生。他們都來自外地。離鄉背井，出來搏一搏。其中大部分都是女性，在這塊經濟特區，作些服務業的低層工作，像是美容師、女侍、業務員、旅館房間清潔員、製造業女工。當然，還包括最原始的一項行業。

她差一點點就要去酒店上班。但是她決定等一等，「我才二十出頭，可能還有機會嫁個好人家。」她一臉憧憬地說。她於是決定到國際大飯店上班，這裡外地商人有如過江之鯽，內地富人也來談生意；或許，某天，就教她遇見一個來客宿的香港富商，也說不定。她如此期盼。

我在飯店大廳喝咖啡的地方等人，她一身制服，過來問我要什麼，稍微一聊，我注意到她的眼皮紅腫，她很高興地說明她剛動了整型手術。

「深圳是認識一些外地商人的好地方。很多內地女孩兒都來，不加把勁兒不行。」她所謂「加把勁兒」的意思是，得讓自己看起來更具魅力。努力積蓄，又回家鄉借錢，她割了眼皮，加高了鼻樑，希望能提高自己在婚姻市場的價值。明年，如果有錢，她還想作點胸部。

聽說深圳現在已是中國整型手術最發達的地方。「沒錯，」她確認，「因為，太多女孩子都想在這裡交個男朋友，改善生活，最好還能住到國外去。每個人都差不多年輕，差不多思想背景，膽子都大，追起男人個個有手段，有技巧。妳不漂亮點，一點機會也沒有！競爭很激烈！」

我看著她刮乾淨後重新用眉筆勾畫的柳葉眉，仍然腫脹的眼皮抹了咖啡色眼影，皮膚隱藏在白晰的粉底之下。她現在的確看起來清秀亮麗。我卻不免揣測起她以前的模樣。知道一個女孩子的長相，在我還來不及認識之前，已經消逝。這種感覺十分奇怪。

矜持內斂卻也自信外放地抬抬下巴，她說，「我現在每天起床後最愛做的事情，就是照鏡子看自己的臉。怎麼瞧，都美。真叫人開心。」她相信，有了這張嶄新的臉孔，自己獲得幸福的機會很大。她不耐地等待，那個人生的轉捩點。

出了飯店，大馬路上。過街時，一個女孩子站在我身邊，我懷疑地檢視她的鼻樑側面，她意識到我的目光，扭過頭，瞪我一眼。就在她的臉轉過來的一刻，我見到了不屬於中國人的高鼻樑，深割的眼皮，如同國外成人雜誌女郎的水球胸脯，和保持了亞洲人大腿長於小腿傳統比例的一雙腿。

我見到了，一個新中國。

印度小姐

「有一天，我會成為世界小姐。」她滿懷憧憬地說。

她在母親的陪伴下，到這間堪稱孟買市數一數二的布店挑選布料，她們選了多塊料子，花式無法形容地美麗，價錢令人咋舌。我以為她要結婚，她露出非常標準的開口笑，好似電視上的廣告：「不，下個月，我要參加選美。」

而她，才十七歲。

「去年當選世界小姐的印度小姐尤科達，十五歲就立誓要參加選美。我已經晚了兩年。」她的笑容極力要融化我的不可思議。

過去六年裡，有五位印度小姐當選了世界小姐或環球小姐。令得全印度燒起一陣選美熱。她其實不是第一個告訴我她希望成為世界小姐的印度青少女。為了這份榮耀，她接受了三個月的儀態訓練，一個月的化妝課程，花費一筆治裝金，和拍攝一組個人寫真照片，當作履歷表。下個月，她即將參加孟買市的雨季小姐比賽，她的中產階級父母已經投資了約兩千美金。兩千美金，在印度，是一個可觀的數字。即使富裕如孟買市。

她似乎志在必得。「就算不得名，選美比賽也是一個很好的曝光場合。因為，屆時，有很多電影星探、模特兒經紀公司的人會來，他們一定會注意到我，」她認真又可愛，「請我去當電影女主角，拍廣告，走服裝秀。」她不自覺右腳跨前，雙手叉腰，肩頭收到下巴邊，擺出超級模特兒的神態。她的母親在旁被逗樂了。

我拉起櫃台上準備作紗麗的絲綢，「傳統紗麗看得出身材嗎？」

「喔，不。比賽時，我們穿時裝和泳裝。一切跟世界級選美比賽一模一樣。」她答。我轉頭問她的母親能否忍受自己女兒穿泳衣，在台上任人品頭論足。經過翻譯，她母親淺笑，說：「我看電視，也懂世界時尚潮流。其他國家女人都穿緊身短裙，露腿袒胸，沒什麼不妥吧。就是流行嘛。」孩子的父親有點意見，但是，為了一圓選美夢，也就睜一眼閉一眼。所以，她是在全家支持下參加選美的。她幸福地承認。

一個月後，我坐在孟買市機場等著轉機。對面一個男人正在讀當地報紙。一張照片吸引了我。我問他報上那張圖片的新聞內容。「喔，是我們雨季小姐，昨天剛剛選出來，」他湊近報紙，仔細端詳圖片上的小姐，「印度女人真的是世界上最美麗的女人，不是嗎？」

我把報紙借過來。圖片上有三個女孩子，把頭擠在一塊，拍照。臉上堆滿的，全是最上鏡頭的標準開口笑。她不在裡面。

我若有所失把報紙還給他。聽到男人在說，「這些女孩子其實個個虛榮得不得了，妄想一步登天，以為得了什麼小姐頭銜，就能一輩子吃喝不盡。更可笑的是她們的家人。要是我，才不讓我的女兒這樣拋頭露面呢。」說畢，他又貼近報紙，好好瞧了雨季小姐的泳裝照。

化·妝·

頭一次見面，我極不禮貌地盯著她的臉，非常忘情地看著。

不是她長了奇怪的鼻子，也不是她有一雙舉世無雙的明眸。純粹只是她沒有上妝。

她是我在首爾見到第一個臉上沒有胭脂的女人。我不能理解原因。她不特別美麗，也不算醜。只能說她有一張普通的臉。她大膽樸素著一張臉出門，我猜想，是不是她今天出了什麼意外事件，讓她沒辦法如常化妝。所有首爾的女人都視化妝為理所當然。沒有化妝出門，可能就像沒有刷牙洗臉一樣，非關道德，卻難免失了禮節。

我等待她提出一個解釋。可是，整個午餐過程，她跟我談韓國傳統舞蹈，解說景福宮的建築構造，講到南韓和台灣的外交歷史，順帶說了一個她小時候冰河釣魚的故事。關於化妝，她隻字未提。

她只說了要帶我去一家很大的地下書城，我們便穿上大衣，頸間捲上一圈又一圈的圍巾，頂著寒風走上明洞商業區的大街。下午二點，還是上班時間。來來往往，多是家庭主婦模樣的女人，成群結隊帶著孩子，或相約喝下午茶。她忽然停下來，從黑色皮包拿出一包涼菸，問過我不抽菸，便在自個兒嘴角塞進一根，流利打火，動作間有一股說不出的流氓氣兒。

「妳看看這些女人，」我一時沒聽懂她指的是誰，她仍繼續往下說，

「每天就是把自己打扮得漂漂亮亮，其餘什麼事都不碰。沒事就去桑拿，洗個頭髮一定要上捲子，粉底越白越好，指甲修得一點也不適合做事。我的女性朋友還有一套理論，說是韓國天氣乾冷，化妝是皮膚的一層保護膜。」她搖搖頭。

一個中年婦人走過，對著她抽菸的男性化神態皺眉。相當不以為然。

她熄了菸，整理身上的名牌格子裙，把圍巾再度裹緊，我們又走了二十公尺左右，轉個彎，見到書城的入口。一進去，她便留我一人隨便逛逛，自行去找洗手間。我驚訝於他們的書籍種類齊全，連外文書的書目都非常豐富，一不注意，竟晃去了四十分鐘，還不見她回頭來找我。

我於是先去排隊付帳，一個女人過來問我，「買了什麼書？」我沒有回答。因為我不確定這個陌生女人是否真的在與我搭話。

沒有得到我的反應，那個女人竟然動手要來抽看我手上抱著的書，我正想大聲抗議，眼角卻瞟見那一件名牌格子裙，和閒掛在女人頸間熟眼的圍巾。

是她。她化了妝。從洗手間回來了。

我手一鬆，她把書拿過去翻讀。然後抬頭對我發出評論，我沒有在聽。我又一次極不禮貌地盯著她的臉。渾然忘我，撼動於她那刷得鬈黑的睫毛、淺色帶金粉的眼影和油亮油亮的粉唇。我又同等感到困惑。想要得到她一個解釋。

這次她很快就滿足了我的好奇：「偶爾，也需要隨俗。擁有五分鐘的團體歸屬感。不然，會太孤寂。」

女・知・識・分・子

進入她狹長的研究室裡，先看到房間盡頭的那一扇窗。春末的櫻花如前晚熬夜狂歡盛宴過後的美女，臉上仍殘留憔悴的濃妝。左右各一面牆的書籍，中間放一張桌子，桌面整整齊齊堆著兩三疊影印文件，一個筆筒插著鉛筆和一隻剪刀。沒有照片，沒有擺設，沒有盆栽。唯一可能暗示個人色彩的物品是掛在椅背上的那件深灰色外套。而毫無特色的剪裁，還是無從透露主人的性格。

她一直是這樣子的一個人。即便八年前我們有一陣子因為作研究的關係，天天見面討論，我始終無法找到任何線索，去想像從圖書館分手過後的她究竟是如何模樣。我見到的永遠是一個化好妝、心平氣和、面帶微笑、說話謹慎的漂亮女人。從不出錯，從不遲到，從不生氣，也從不害怕說出她自己心裡的話。總而言之，就是那種完全平衡的洋娃娃。

畢業後她決定留在美國，我則打道回府。失去聯絡後的下一個世紀在首爾街上重逢。我跟著她回教書的大學研究室。她四平八穩地沖泡中國烏龍茶，從壺子倒出來的茶水和窗外櫻花的香味混合成奇異的氣味，飄忽穿梭於我們四周。

喝了一會兒茶，她談起為什麼會回來韓國教書：「就是那個所謂的玻璃天花板吧。它就是在那邊。看不見。但是妳會知道，當一個亞裔人在美國，妳是永遠爬不上去的。也許，下一代可以；妳這一代卻注定要犧牲，注定沒有機會。」

一名助教敲門進來，給了她幾份論文謄本。下星期，她要去波士頓參加一個關於亞洲女性身體自主權與網路色情的學術研討會。她隨手拿了一份論文給我，不無嘲諷地說：「隨便看看就好。反正就是那一套說法。」

我不解。她是相信「那一套說法」的人。

「因為，我覺得這到底還是借來的理論。我們跟西方借來的思想。不是亞洲的。不然，我們幹嘛在波士頓談亞洲女性身體自主權與網路色情？我們為什麼不在首爾談？在東京談？在香港談？我已經回首爾三年了，為什麼還是要用英文寫論文？為什麼還是得拿到美國去發表？」她銳利的眼神正對著我，「天殺的，我搞了十二年的女性主義，到現在，我還是覺得這個理論不屬於我的。」

「理論是公共資產。本來就不屬於任何人。它不屬於妳，也不會單單只屬於西方人。」

她哈哈大笑，還來不及收住笑得震抖不已的肩膀：「妳知道嗎？那些西方人也是這麼告訴我。但是，當我和他們看法不同時，他們就會搬出一些自己的社會資產，指出我如何忽略了某幾項歷史或社會細節。但是，那不是我所生長社會裡的歷史或社會細節。所以說，我不在乎！」她忽然大聲起來，「我不在乎！我真想就這麼直接告訴他們，我一點都不在乎！」

她請我去梨泰院的一家茶店喝柚子茶。幾個美國大兵帶了一些韓國女孩，在隔壁桌笑鬧喧譁，十分開心。

「這種時候總是提醒我，自己正活在第三世界裡。」她苦笑。

從美國大兵短髮所反射出來的陽光，和韓國女孩染色的頭髮光澤一起融入溫褐色的黃昏。柚子茶涼了

曼谷的第一世界女子

她像所有第三世界國家有錢人家的孩子一樣，小小年紀被送往第一世界唸書，拿外國護照，一輩子活得如外國人，卻在讀書畢業後被召回曼谷，接手家族企業。一夕之間，便突然發生了不適應症。

她沒有辦法不去厭惡自己的城市。對她來說，這不是她的城市，唸書的波士頓才是她的城市。這些走在路上的人不是她的同胞，只是恰巧跟她擁有同一個膚色。能說英語，她就盡量說英語；當她說泰語時，她會說得怪腔怪調，雖然她的朋友都說，她其實有能力將母語說得字正腔圓。即使住回離開了十五年的曼谷，她還是保持一切在美國養成的習慣，包括定期慢跑、讀《紐約時報》、收看深夜脫口秀、每天固定喝八杯水、堅持不吃辣和只戴紐約第凡內珠寶的原則。

她在聚會上第一次跟我說話時，她的英語說得又急又快，她的表情、語氣、動作在在顯示，她是一個純粹的美國女人。不是泰國女人。當她提起波士頓時，她的眼睛露出渴望的鄉愁，總有一天，她要「回去」住在那裡。

我注意到那個字。但是，在亞洲四處，我聽過太多第一世界養成的第三世界孩子在談起西方都市時，使用這麼一個動詞。就心靈而言，他們一直與自己出生的國度在世界地圖上處於相異的兩端。

對話繼續進行。

一個服務生上前，她用一貫又急又快的英語，要一杯溫水加檸檬片。對方沒聽懂。她非常憤怒，拉高聲音又劈哩啪啦說了好幾次，最後乾脆請他喊經理來。她咬牙切齒，輕蔑地說，「這是五星級大飯店，而他們的服務生居然不會說英語？」

她嘩啦啦發了一頓脾氣，經理人和那名服務生始終曲彎著腰身，保持恭敬態度，顫著嗓子，不斷道歉。當事情告一段落時，他們送上免費的甜點，她嫌惡地推開，「誰要吃這種四不像的提拉米蘇？」

然後，誇張地抓自己的頭髮，她發出擬似痛苦的聲音，笑容燦爛甜美，卻無奈地搖頭：「住在泰國就是得忍受這種第三世界的垃圾！」隨即，她重新恢復她的從容優雅，攪拌咖啡的姿勢與速度顯示她良好的教養。

明年夏天，她就要嫁給另一個跟她背景相似的男人。他也同樣對泰國缺乏感情。但是，他比她更冷靜看仔細，在泰國，他所能獲得的資源，遠遠高過他在美國的五倍不止。「男人，」她翻白眼，「總是太務實。」

她卻渴望結婚。所以，可以將繼承來的事業都交給男人去管理。她寧可飛去波士頓懷孕帶孩子，過她的第一世界日子。沒有一個正常女人會想在泰國養孩子，她評道。

我們禮貌地握手告別。她留在飯店門口等她的朋馳轎車來接她，我戴好帽子，走入陽光正瘋狂蒸發的暹羅城市，溼氣很快成為我的汗水，柏油路在我的腳下發軟，忽然，聽到她在身後喊我：「有機會到波士頓，別忘了撥個電話給我！」

峇里島之戀

那個叫亨利的法國男人癟著薄嘴唇，嚴肅正經地說：「妳要知道，她可是冒了生命危險在跟我談戀愛。」她，是指他的峇里島女友。我在酷答鎮（Kuta）街上站著與他聊天。這是他第三次來峇里島，因為他愛上了一名當地女子。

「妳沒辦法想像她是多麼甜美天真。每天，她幫忙家務，照顧弟妹；空閒時間，她會獨自去寺廟祈禱、到海灘散步，或什麼也不做，只是靜靜站在岩岸上看海。」他閉起眼睛，沉醉，讀一段我不懂的法文詩，「妳應該看看她沉思的模樣有多美！」

然後他激動起來：「我從來、從來不曾認識如此女子！完完全全不受汙染的高尚靈魂！沒有養成任何文明過剩的惡習！妳知道，在巴黎的女人個個都自視甚高，自私自利，識見淺薄，心地狹窄，什麼都是『Moi』，『我』！『我』！『我』！」他戲劇性地將十個指頭用力敲向自己的胸膛，擺出簡直瀕臨崩潰的神情。

他帶我去他寄住的民房，也就是女孩的家。那是一棟新建的矮房子，牆身是水泥，屋頂仍依傳統覆蓋著乾草。女孩抱著一個八個月大的嬰兒，站在門口，見我們來，她大方對我們笑笑，轉身入屋。

亨利壓低聲音，彷彿我們正進行諜對諜密戰，謹慎到全身繃成一條小警犬：「我們不能被人家看見我們在一起。因為如果她的族人看見我們在一起，他們會懲罰她。我說過，她是冒著生命危險在與我戀愛。」

「怎麼懲罰？」

他看著我，彷如我問了一個天底下最愚蠢不過的問題，「怎麼懲罰？妳難道不知道？」他仰頭朝天發出唉嘆，我看不出在此有戲劇化的必要，總之，他做了：「當然妳不知道！妳怎麼可能明白？妳是個生活在所謂『現代』文明的都會女子，妳不知道禁忌，生命從來不曾為妳設限。妳隨心所欲，瀟灑自在，如果妳要變成一個太空人上月球，也沒有人能阻止妳。生活對妳來說如此輕易。妳只需要煩惱如何掐準百貨公司折扣的正確時間，和照顧好家裡的每一棵盆栽植物。」

他逼近我，帶著一雙恫嚇的綠眼睛：「可是，生命是有限制的。在某個時候，妳終會瞭解，人類過分縱容自己的慾望，將會遭受天譴。我們必須懂得懼怕大自然的力量，懂得尊敬先人的智慧。活得謙卑些，要適時低頭。要不然，妳終會毀滅在妳自己的自由裡。」他舉起一根手指，預告末日的降臨。

我開始理解自己遇上了一個偏執狂，於是告辭。他有些錯愕，但畢竟很有禮貌地與我握手，明天他就要上飛機回巴黎。他有些悲傷地說，不知道什麼時候才能回來見他的峇里島情人。

「你不能帶她回法國嗎？」我不想，還是多了嘴。

「她是伊甸園的女兒，你不能把她帶離天堂。她會死掉。」

兩天後，我也準備離開。最後一次下海灘游泳，我見到法國人的峇里女友正挽著一個金髮碧眼的外國人在散步。那個外國男人顯然不是幾天前與我交談的黑髮亨利。他們以為四下無人，於是嘴對嘴接吻起來。分開時，她表情害羞，眼睛卻十分機警環顧四周。我正好站在較高的地方，她望不見我。

伊甸園之所以存在，是為了人類可以墮落。

他的亞洲女人觀點

他不是女人，可是，他跟女人交往。因此，據他說，他比女人更瞭解女人。

「我與各大洲的女人都交往過，歐洲、拉丁美洲、東亞、印度……隨便妳說一塊大陸。大致，我每約會一個新對象，那個國家隔年就會有一位諾貝爾文學獎新得主。」他志滿氣揚，宣稱自己是一位成功的花花公子，閱女人無數，「歐洲女人注重當下。她們能單純享受關係本身，不要求承諾，無所謂未來。亞洲女人永遠作不到這一點。我曾經和一位日本女孩約會，第二次見面她已經在問我有無結婚的打算。我知道她當時二十九歲，因此非常焦慮。還有一次，我和一位印度女明星約會，電話裡，她問我要不要去她家接她，一起去晚宴，我說讓我們各自去吧，三十分鐘後，我們在宴會相遇，她居然裝作不認識我。前個晚上，我們才一起做愛。妳看，這是亞洲女人永恆的劫數，她們總是想要結婚，總是要男人呵護。她們不懂愛情，也不理解關係是什麼東西。她們以為男女之間只有婚姻這檔子事。」

「你不以為，歐洲女人和亞洲女人之間的差異，乃是社會制度造成的？大部分歐洲國家的社會福利非常完善，女人不必憂慮她的下半輩子，因為國家將代替她的丈夫、子女照顧她。而亞洲女人之所以焦慮婚姻，是因為她想要一個保障。因為當她年老的時候，她的國家將不會保護她，她必須仰賴家庭的力量，因此另一半的人格品質或經濟能力，都將是她抉擇對象的考量，而結婚，是保障這張安全網盡可能長存身邊的必要手段。」

「妳也許是對的。但是，我就是不能忍受她們這樣現實。當她們看著我的時候，她們不把我當作一個男人，她們把我當作一個保存她們自身生命的物品。打個比方，男人是一輛車子，女人有個目的地，她想要挑一輛車子，能夠確保她自己平安到達，對她來說，這輛車子當然越考究越好：跑車引擎、高級皮革座墊、胡桃木儀表版、安全氣囊、強硬鋼板，最好還有漂亮的外表。她的考量實在實際不過。我跟亞洲女人約會時，常常覺得對方簡直就是一個汽車經銷商。如果她跟我上床，就像是一個想要買汽車的人打開引擎蓋，仔細檢查內部裝置是否如廣告所吹噓的一樣。」

「就某方面來說，有時候，兩性關係不就是如此嗎？男人也用同樣俗氣的手法去挑選他的情人。」

「話是不錯。在愛情這件事情上，每一個人或多或少都是汽車經銷商。可是，亞洲女人要的是永久保固期。妳懂我的意思吧。歐洲女人也愛開開跑車，但是，她並不奢望一輩子擁有這輛車。美國女人更強悍，她們會挑三揀四，一發現小毛病，甚至自動將車子退回原廠，換車。這些西方女人不在乎天長地久不怕失去，所以她們不設防，能夠敞開胸懷，真正享受駕駛的樂趣。在坐上駕駛座之前，所有亞洲女人都是自我防衛濃厚的懷疑主義者，等她們坐上了駕駛座，她們卻又無論如何都不願下來。她們想要生命中最好的事物，卻不願付出一丁點代價。這是最厭人的地方。」

三十七歲，吃素，未婚。他是亞洲男人，一位詩人，發誓以後交往對象膚色能是黑是白是紅，偏不能是黃或棕。原因如上述。

辦公室

她在一間大辦公室工作。辦公室成開放設計，沒有隔牆，近兩百張辦公座位如閱兵典禮上的軍隊排列整齊，方便老闆一目瞭然監視每一個人工作的情形。對她來說，每天上班，如何從公司大門走到她個人辦公桌，這段路，具體考驗著她已經夠脆弱的人際網絡。

出了電梯，拿出員工卡，刷過打卡機，擦得閃亮無垢的玻璃門扇無聲滑開，她倒提一口氣，開始穿梭過一大片面孔、人影、聲音構成的海洋。像一個驚慌失措的水手，即使暴風雨已經發生在鼻尖下，她依舊盡力拉扯著輪盤，徒勞地要往想像中的陸地方向航行。她永遠搞不清楚誰是她應該微笑的對象，在誰的桌面她應該俏皮地敲打以示友好，眼看誰就要與她相逢在同一條通道時，要裝作無事但立刻轉彎改道。來不及下決心，對方卻已經自自然然拐開，她反而錯愕，接連幾天，都無法不對同事的閃躲動作耿耿於懷。

廁所裡，更多尷尬發生。若是她與上司同時間進去，每每聽見對方如廁的聲音，她便感覺彷如一個不道德侵犯了對方隱私的惡棍，全身發燙，臉紅氣粗地趕緊逃走。假使碰上了位階比她低的同事，因為害怕對方會同樣聽到她私密的聲音，她緊張得在狹小的廁所空間發抖，無法成事，必須等到對方離去，關門聲響起，她才能放鬆。也因此，對於男同事能夠排排站肩並肩、邊解手邊神色自若地互相聊天這項行為，對她來說始終是比宇宙起源更神祕困惑的一件事。

她無法一夜之間成為一個親切的人。即使她是渴求這個品質到幾乎心痛的地步。她只得採取安靜低調的行事作風，並冀望如此踏實的品格能夠為她贏得另一種尊敬。

事情發生的時候，她還是被犧牲了。她站在樓梯間旁邊一個小陽台，平時供癮君子對著台北市的屋頂吞雲吐霧。她迎著涼爽的清風，納悶著十樓高的溫度是不是跟街心相差個攝氏兩度，一個同事拿著打火機和香菸推門出來，對她點點頭，便沉默抽起菸來。

「妳知道，在這個辦公室，有時候，命令不一定從上頭來，也許從平行單位來，也可能是從下面傳遞過來。」同事忽然沒頭沒腦說。

她沒有答腔。因為不知道說什麼，看來她的事情全辦公室都知道了。他繼續告訴她一些辦公室生存之道，「重點不是妳『能』或『應該』做什麼；重點是，妳要『表現』妳在做什麼。」他丟掉菸蒂，踩熄那一撮小小的紅光，「女人玩起政治，可以比男人還厲害的。天下最毒婦人心，不是嗎？」

她決定去一家小公司上班。辦公室裡只有三個人。她以為這樣她就能呼吸，忘記那些恐怖的人緣大測試。沒多久，她打電話給我，告訴我她又要離職了。當我們在一個聚會相遇時，她正躲在角落一個人悶頭喝著飲料。就像每個聚會上總有一兩個發光的中心主角，主導著整個場子的話題與注意力，控制人們的笑聲如電視情境喜劇節目背景的罐頭音效，在準確的時間點不早不晚地響起。她呆呆望著當晚的明星，所有人都在歡笑，只有她一臉蒼白。

「我覺得，」她低語，「他人是自己的地獄。一點也沒錯。」

快樂

照理說，她是天底下最不應該快樂的一個女人。自小父不詳，母親在她三歲時離開，棄她予自己的兄弟扶養，舅媽因不情願平白多出一個孩子要照顧，時時將生活的壓力發洩在她身上。瘦弱不足以形容她那可憐的形體，她二十五歲，身子骨架仍停留在十四歲，沒有上過一天學，沒好好吃過一頓飯，在擁擠混雜的河內街道上擺地攤，叫賣著一些工廠瑕疵品。

可是她的笑臉如此耀人。四周，摩托車噴煙亂竄，偶爾高級車子馳過，駕駛的開車行徑卻明顯流露暴發戶的無禮態度；小人物庸碌紛雜地穿梭來去，帶著焦慮茫然的表情，奔波於生活與自我之間，舊建築殘破，缺乏維護，新建築的材料則廉價不持久，一棟建築建好沒幾個日子就顯出疲態。處處充斥著一個社會想要急速富裕卻力不從心的痕跡。她佇立於此，笑吟吟，有如一抹夏夜清風送來的曇花香，濃烈而持久，讓人精神抖擻。

她的微笑，有一種不知天高地厚的歡樂氣息。也像個不懂事的魯莽青年，無論身在何種場合，都只懂得同一種微笑的方式。因此不管來者是誰，發生何事，她都只能這麼溫厚可愛地笑著，同時為了自己不能做得更多而感到抱歉，因此愈加努力開朗地微笑。彷彿這個亂糟糟的世界裡所發生的一切，統統不在她的認知範圍內，她只是恰巧路過。正好站在那兒。如此而已。

我觀察，一天下來，她根本沒有做成多少生意，多數人行色匆匆，稍微停駐、瀏覽一下她商品的路人，少得可憐。而她的商品也的確不吸引人，幾件印有越南字樣的 T 恤，便宜粗糙的布鞋，和匠氣十足的貝殼貼畫。

她說，沒有生意，就沒有晚飯。晚飯是她一天僅有的餐點。我覺得不可思議，當然不肯相信她的故事。但是，她的微笑讓我覺得無法不對她友善。她在敘述她的故事時，就坐在她帶來的一把小凳子上，一雙有靈氣的單眼皮眼睛望向我，散發寺廟裡一隻古鐘的色澤，穩重、溫柔、寧靜，同時帶著金屬特有的清涼，在混亂的時空裡成為撫慰人心的可能。

我問了她一個地點的方向，出發。回程，已經貼近黃昏，街景依舊紛亂熱鬧，唯一，萬物都染上一層金橘色的光彩，即使白天一棟我非常看不順眼的建築物，此時都顯得光彩奪目，神祕莊嚴。她並不是一個人。有另一名約莫五十歲左右的婦人也在她的攤位。那個婦人正激動地說些什麼，聲音宏亮，表情憤慨，肢體熱情。她只是垂頭聽著。

忽然，她望見我，笑容從她那張小小的臉龐漾開，我隨之聞到那一抹熟悉的曇花香氣。她輕輕向我揮揮手。中年婦人停住，先凶猛地打掉她舉起來的手臂，然後抬頭張望，似乎在找尋她打招呼的人是誰。我不知道暴露我的位置是幫了她還是害了她，總之，我猶疑了一下，還是決定走到她們面前，買下一幅我一點也不想要的貝殼貼畫。錢掏出來，立刻被中年婦人搶到手裡。她連伸手的動作都沒有。

隔天早晨，我又見到她在同一個地點，擺賣相同的東西，不過帶來另一幅更糟糕的貝殼畫，取代昨天我買走的那幅。她說，她昨晚喝了熱湯，吃到一些可口米粉。我還是不太相信她的話，但是，卻依然無可救藥被她的笑容迷住。

她，看上去，是如此快樂。

後記——她的第三隻眼

十二歲時，我第一次出國旅行。跟著父親遊歷東南亞。雖然坐了飛機，也拿到生平第一本護照，我卻以為自己還沒有離家。馬尼拉、新加坡、曼谷、香港或吉隆坡，對我沒有差別。我當時想，他們有寺廟燒香，台灣也有寺廟燒香，他們有熱呼呼的夜市，台灣也有熱呼呼的夜市；那些開發中國家的特色，全部在我家後院可以見到。我以為，遠方，該是更奇異的景色：古老的城堡，白色的教堂，鵝卵石小徑，大理石女神雕像，雕花圓柱，巨幅油彩畫。或更直接地說，我認為的遠方，其實就是西方。

以我對遠方的好奇，那種想要吸收異國文化的熱切，文學成了非常理所當然的方法。我於是大量閱讀外國文學，藉由西方作家的眼光，去認識他們的世界。在童年的時光，政治思考還未正式進入我的世界，我閱讀，只是為了閱讀，我毫不猶豫地跟隨那些作家的腳步，走進西方每一座客廳、每一個房間、每一間咖啡館，傾聽那些作家想要我聽見的談話與見解，認識那些作家想要介紹給我的面孔。想像中，我品嚐了無數道西方的佳餚與美酒，還能回味無窮。

十五歲，我正式踏上西方土地旅行。我絲毫沒有生澀旅人的不安，不覺得應該有任何鄉愁。我站在大英博物館看C·S·路易斯的手稿，就像在看我父執輩的親筆字跡那般自然；美麗的佛羅倫斯也沒能使我尖叫，因為我在夢裡已經不知神遊過了幾百遍；我甚至學會偷偷在心中對同伴的過度興奮擺出不以為然的神色，藉此想要托高自己對西方文化的熟悉度——當然，這是一個孩子自以為是的虛榮心。迄今，我對西方文明的理解都不過是皮毛而已。

然而，這些與西方的接觸經驗，帶來的並不是我對西方文化的更加親近，卻是逐漸的疏離。以前，在閱讀那些西方文學書籍時，我與西方作家站在同一邊，去觀察他們的同胞與其生活。我躲在作家的背後，被觀察的對象反看回來的時候，他們見到的是一個自己人在搖筆桿做紀錄，他們見不到一個異國人默默觀看的眼神。去到西方，我暴露了自己的位置。一向被我觀看的對象，現在具有反看回來的能力。那個眼神直接，冷漠，好奇中帶有殘忍，理性中含有分析，喜愛中具有排拒。

我突然意識到其實東方才一直是西方觀看的對象。那也是第一次，我發現了我在世界的身分——一個亞洲女人。

但是，我的西方之旅並沒有因此結束，只是開始變得不是那麼優雅、充滿香氣。我依然跟著作家的腳步走。只不過，我脫離了小時候喜愛的文學，選擇了批判觀點的學習。在那些理論主義的觀照下，我的亞洲女人身分成為一個思想的刺點，一個需要革命的存在，一個必須特別小心才能避免扭曲的成長，我因此長期覺得必須為這個身分捍衛、辯解，不能放鬆就這麼自然然活著。

直到，我在美國北方一個下雪的午後，遇見一位台灣女友，她當時身穿桃紅色棉襖大褂，翻出來的袖口是亮面紫緞，手裡拿著兩冊西方人寫的女性主義經典，一頭烏黑直髮的她正與一群美國人討論「亞洲女人」。如同一個劍客，她俐落使用一些詞彙，姿勢非常漂亮；落後的，邊緣化的，被壓迫的，陰柔的，未開發的，被殖民的，傳統的，屈辱的，苦難的，包袱的，努力現代化的。每一個詞彙都含有新與舊的對立、不同價值的掙扎，聞上去都充滿悲憤而絕望的氣味。亞洲女人，邊緣中的邊緣，弱勢中的弱勢。聽見的美國人猛力點頭同意。

頃刻，我領悟，亞洲女人這個身分，此處，比較像是一個可以被知識分子調情的文化概念，一個值得書寫的理想題材。那是書本與讀者、研究者與被研究者之間的關係。與其說是一種感情的身分認同，倒不如說只是一種純粹知性的認知。雖然誇誇言談者是一個亞洲女人，但，那個出身只給了她發言的方便性，並不能夠樹立其言論的全面代表性。亞洲女人是一群活生生的人，擁有清楚的相貌和堅實的生活，而不只是抽象的數字、概念、名詞，她們的生命形態應該如同大自然的花草植物，種類繁複而多樣，活潑旺盛而充滿鬥志，渾然天成而不需詳加解釋。

尤其，這幾年，我有機會在亞洲較頻繁地旅行，我更逐漸看清這個出身邏輯的缺陷。亞洲，當它是一個地理名詞時，那是指涉一大片多麼廣袤無邊的土地，包含了高原、高山、平原、丘陵、島嶼、火山、河川、沙漠、叢林等等許多截然不同的地理樣貌；而亞洲作為一個文化形容詞時，又是涵蓋了多少民族、多少國家、多少文化又多少宗教。身為一個東亞的華人，亞洲更容易被我簡化，意思是我常常將一張長著狹長烏黑杏眼的黃臉孔，毫不深思地就當作亞洲的唯一長相，而忘了亞洲人也能有黑皮膚、雙眼皮、深眼窩、高挺身子，甚至擁有綠眼睛、藍眼睛。我天經地義的身分，讓我更輕易忘記省思亞洲的真正意涵。就像我小時候，以為遠方就是西方，我也以為「我」就是東方。

同時，我終於理解，寫東方主義的薩伊德或愛談亞洲女人的曲明霞（Trinh Min Ha），都與我的台灣女友一樣，是站在美國天空下發言的。他們對話的對象其實是西方，而不是活在東方的東方人。

繞了一大圈，想要擺脫西方對東方一廂情願的迷思，結果還是活在西方文明的魔咒下。

馬來西亞的檳城，一位想要描述自我定位的華裔女子對我再三強調：「我不是中國的華人。」她在張弼士古宅博物館工作。張弼士老先生號稱南洋第一位華人資本家，他在南洋各處建了五座華宅，正名的妻妾有八位，更有數不清的無名情婦。宅院正廳掛著張老先生於十九世紀末拍攝的人像照，他身穿西方仕紳服飾，頭戴硬式高禮帽。看起來疲倦而蒼老，一點也不像書本上介紹地那般風流倜儻，英俊健碩。從外表，這名女子和我幾乎一模一樣：華人，女性，同等高度，苗條，類似的教育程度和家族背景。活在二十一世紀初端，我們不用再委屈為一個垂垂老矣的老頭子做妾（雖然，不少亞洲女人仍需要如此），只因為父母跟他借了一大筆錢或懾於老先生權勢。我們獨立思考，下判斷，自行執行許多關於生命的決定。

但，在相同的表面之後，她與我都隱隱覺得彼此仍有種說不清楚的差異。那不僅僅是個體與個體的區別，更是歷史文化、國家環境的交錯影響。隔離馬來西亞與台灣的南中國海，比起太平洋或印度洋似乎是一個太小的規模。可是，她離我的距離，不比奧國的薩爾茲堡來得更近。

她也是我的「遠方」。

而我應該如何進入她的世界，我問我自己。因為我是如此急切地想要結識她，了解她對生命的期待與要求，什麼人讓她傷心，什麼事令她發笑，什麼經驗教她念念不忘，她最喜歡和最討厭的活動又各是什麼，乃至於她的星座、她的上帝，和她對男人的觀感。我於是要求她說故事。她的故事。跟隨她話語的腳步，通過她專注的眼神，我讓自己像個無知的孩童，被領入每一座她進入的客廳、每一個她待過的房間、每一間她喝過茶的茶館，認識她認識的人，傾聽她與別人的交談，參觀她櫥櫃裡的衣服，碰觸她心愛的收藏品。

我進入她世界的同時，我意識到，我也回到了童年的世界。那尚未全部被理性觀點控制、充滿想像力的世界。那時候，文學是一種認識世界的牢靠方式，總是密密麻麻說了許多，又像是什麼都沒有說，然而，實際上卻又什麼都說了，而且說得比誰都詳盡。文學曾是我的第三隻眼，幫助我看見我的凡人肉眼所不能看見的東西。

聽她的故事，這雙蒙上陳年塵埃的第三隻眼，逐漸被重新擦拭，發亮，恢復清晰視線，試圖將她的世界盡收眼底。

我並不想假裝自己是她失散多年、從未謀面的姐妹，只因為我們都是所謂的亞洲女人，我尊重她獨特的存在，不願妄加評斷。我也不掩飾自己在聽完故事之後依然懵懂得厲害。然而，當我與她並肩站在那座中國大宅深院的二樓樓台，靜靜聽她娓娓道來她的世界，頭一次，在我的生命中，我不需再跟亞洲女人這個鬼魅似的身分抗辯。她和我，兩個人，就如兩株從亞洲土壤冒出來的花草，在熱帶太陽下，輕輕隨風搖晃，享受就這麼活著的簡單事實。無須向任何人交代。

關於自己，她拉拉雜雜說了一堆。回頭，我仔細想想，她其實又像什麼都沒說，但是，我卻有種我什麼都已經知道了的感覺。

她

She:
Portraits of
Asian Women

作者｜胡晴舫
總編輯｜富察
責任編輯｜洪源鴻
企劃｜蔡慧華
封面設計｜ Rivers Yang × Aaron Nieh at 永真急制
內頁排版｜虎稿．薛偉成

社長｜郭重興
發行人兼出版總監｜曾大福
出版發行｜八旗文化／遠足文化事業股份有限公司
地址｜新北市新店區民權路 108-2 號 9 樓
客服專線｜ 0800-221029
信箱｜ gusa0601@gmail.com
傳真｜ 02-86671065
Facebook ｜ facebook.com/gusapublishing
法律顧問｜華洋法律事務所／蘇文生律師
印刷｜成陽印刷股份有限公司

出版｜ 2018 年 01 月　初版一刷
定價｜ 350 元

歡迎團體訂購，另有優惠。
請電洽業務部（02）22181417 分機 1124、1135

國家圖書館出版品
預行編目（CIP）資料

她／胡晴舫著／二版／新北市
八旗文化出版／遠足文化發行／ 2018.01
ISBN 978-986-95561-6-3（平裝）
857.63　　　　106021573